Bonnie Bryant

Veronicas Fehler

Sattelclub Band 2

Bonnie Bryant

Veronicas Fehler

Sattelclub Band 2

Aus dem Amerikanischen übersetzt
von Brigitte Barbacsy

Ravensburger Buchverlag

Für meine Mutter Mary S. Bryant

3 4 5 97 96 95

Die amerikanische Originalausgabe erschien
unter dem Titel „The Saddle Club – Horse Shy"
beim Verlag Bantam Books, New York

Umschlagkonzeption: Ekkehard Drechsel
Umschlagillustration: Ulrike Heyne
Redaktion: Hjördis Fremgen
Gesamtherstellung:
Graphischer Großbetrieb Pößneck GmbH
– Ein Mohndruck-Betrieb –
Pößneck, Thüringen
Printed in Germany

Papier aus chlorfrei gebleichtem Zellstoff

ISBN 3-473-34672-1

1

„Duck dich!" rief Jenny Lake.

Julia Atwood beugte den Oberkörper vor und drückte den Kopf gegen die schwarze Mähne ihres Pferdes Pepper. Sie spürte, wie die Äste über ihren Rücken strichen. Als dies aufhörte, richtete sie sich wieder im Sattel auf und brachte Pepper neben Jenny und deren Pferd Comanche zum Stehen. Gleich darauf parierte auch ihre Freundin Laura Hanson, leicht außer Atem, aber lachend, ihr Pferd Delilah neben den beiden durch.

„Ist das nicht ein herrlicher Weg!" rief sie. „Aber es würde nicht schaden, wenn jemand diese Äste zurückschneiden würde!"

„Warum weichen die Pferde eigentlich herabhängenden Ästen und Zweigen nicht aus?" fragte Julia ihre Freundinnen. Jenny und Laura waren schon erfahrene Reiterinnen, Julia hingegen ritt erst seit ein paar Wochen. Aber sie wollte diesem Sport treu bleiben.

„Pferde weichen herabhängenden Ästen nicht aus, wenn sie selbst noch gut darunterpassen. An den Reiter über sich denken sie nicht", erklärte ihr Laura.

„Das gehört zu den Dingen, die du beachten mußt, wenn du im Gelände reitest", sagte Jenny. „Du wirst schon sehen, in der Halle oder draußen zu reiten, sind zwei Paar Stiefel."

Das konnte Julia nur bestätigen. Seit ihrer zweiten Reitstunde ritt sie Pepper, aber sie hätte nie gedacht, daß er so temperamentvoll sein könnte.

„Wir können jetzt noch ein Stück traben, bevor der Weg felsig wird", sagte Jenny. „Ich reite voraus, ihr wartet, bis ich den Azaleenbusch erreicht habe. Dann kommt ihr nach."

Jenny trabte an. Sobald sie den Busch mit den hellrosa Blüten erreicht hatte, ließ Julia Pepper antraben. Er gehorchte willig und folgte Comanche.

Julia trabte gerne. Sie kam in dieser Gangart schnell, aber nicht zu schnell vorwärts. Sie hätte es mit Joggen vergleichen können. Die nächstschnellere Gangart des Pferdes war der Galopp, was vielleicht dem Laufen gleichkam. Julia hatte im Galopp zum Teil noch Gleichgewichtsprobleme und deshalb wohl auch ein wenig Angst. Während Pepper zufrieden dahintrabte, sah Julia geradeaus und ließ die vor ihr reitende Jenny nicht aus den Augen.

Das dunkelblonde Haar ihrer Freundin quoll widerspenstig unter der Reitkappe hervor. Im Schein der Sonne glänzte es und auch Comanches kastanienbraunes Fell. Beide, Jenny und Comanche, waren eigenwillige Persönlichkeiten voller Lebenslust. Daher paßten sie auch zusammen. Wer Jenny nicht gut kannte, hätte denken können, sie würde auf andere herabsehen, denn sie war vom Schicksal begünstigt: Sie hatte wohlhabende Eltern, die ein großes Haus besaßen und eine Privatschule bezahlen konnten. Aber Jenny war alles andere als hochmütig. Stets voller Übermut, sorgte sie für Ausgelassenheit und Stimmung, wo immer sie auftauchte.

Julia sah sich nach Laura um. Laura war eine ausgezeichnete Reiterin. Schon als kleines Mädchen hatte sie auf den Marinebasen, auf denen ihr Vater jeweils stationiert gewesen war, reiten gelernt. Jetzt ritt Laura Delilah, eine wunderschöne und kluge Palomino-Stute. Laura dirigierte dieses Pferd mit nahezu unsichtbaren Schenkel- und Zügelhilfen, aber Delilah verstand sie. Die beiden schienen miteinander verwachsen.

Plötzlich legte Pepper zu. Julia ließ die Zügel nach und versuchte, mit Paraden Pepper zurückzuhalten. Aber schnell hatten sie Jenny und Comanche eingeholt. Jenny hatte ihr Pferd in den Schritt gebracht, um ihm eine Verschnaufpause zu gönnen. Der Weg war breit, also ging Julia neben Comanche.

„Warum wird Pepper eigentlich immer schneller, je näher wir an dich und Comanche herankommen?" wollte Julia wissen.

„Das ist dir sicher in der Halle auch schon aufgefallen."

Julia nickte. „Nun ja", fuhr Jenny fort, „das geschieht

im Freien viel häufiger als in der Halle. Pferde besitzen einen natürlichen Ehrgeiz. Sie zeigen gerne, was sie können und wollen sich gegenseitig übertrumpfen. Sobald Pepper näher an Comanche herankommt, will er ihn überholen. Solange die Pferde im Schritt gehen, sind sie mehr oder weniger ruhig. Im Trab werden sie schon aufmerksam, aber warte erst, was passiert, wenn wir galoppieren!"

„Jenny, ich wüßte gern", sagte Laura und ritt mit ihrem Pferd neben Comanche und Pepper heran, „warum war Max so dafür, daß wir heute gerade diesen Ausritt machen?"

Laura sprach von Maximilian Regnery III., dem Eigentümer des Reitstalls Pine Hollow. Er ließ die jungen Reiter eigentlich ungern ohne Aufsicht oder Reitlehrer ins Gelände.

„Ach, er weiß doch gar nicht, daß wir in den Busch geritten sind", sagte Jenny großspurig. „Ich habe ihm gesagt, wir reiten nur einmal die Querfeldeinstrecke für ihn ab."

„Die Querfeldeinstrecke? Bist du verrückt!" schimpfte Laura.

„Nein, ganz und gar nicht", konterte Jenny. „Auf dieser Strecke findet nämlich im Sommer eine Pferdeschau statt. Deshalb hatte Max nichts dagegen, daß wir sie einmal inspizieren. Abgesehen davon, in drei Tagen starten wir zu unserem Wanderritt. Mir ist Julia doch als Partnerin anvertraut worden. Und wenn sie bis dahin noch keinerlei Erfahrung im Gelände hat, wird es für sie und für mich schwer." Jenny holte Luft: „Also, ich reite voraus, ihr folgt mir!"

„Aber warum hast du ihm nicht einfach die Wahrheit gesagt?" wandte Laura ein. Jenny zuckte die Achseln und trabte an.

Julia folgte ihr schmunzelnd. Meistens steckte Jenny in irgendwelchen Schwierigkeiten, die sie aber immer selbst heraufbeschwor. Jetzt beschlich Julia das leise Gefühl, daß sie mit hineingezogen würde, wenn sie sich nun Jenny anschloß. Aber, wer konnte ihr schon widerstehen?

Laura beobachtete die beiden Reiterinnen vor ihr. Sie und Jenny ritten schon zwei Jahre zusammen. So lange war ihr Vater schon bei der Marineinfanterie in der Nähe von Washington stationiert. Oberst Hanson hatte ein Haus in der Nähe von Willow Creek in Virginia gekauft. Es war das erste Mal, daß die Familie nicht auf dem Militärgelände lebte. Und seitdem ritt Laura auf Pine Hollow. Früher waren ihre Freundinnen immer Töchter von Militärangehörigen gewesen. Jetzt waren Jenny und Julia ihre besten Freundinnen. Die drei hatten kürzlich den Sattelclub gegründet. Die einzige Bedingung, die die Mitglieder zu erfüllen hatten, war eine uneingeschränkte Liebe zu Pferden. Bisher hatten die drei keine weiteren Pferdenarren kennengelernt, und daher waren sie vorläufig noch unter sich.

Obwohl Julia ein Jahr älter war als ihre zwölfjährigen Freundinnen, hatte sie erst kürzlich mit dem Reiten begonnen. Laura war nicht entgangen, daß Julia ein Naturtalent war und ein Gefühl für Pferde hatte. Das hatte Julia schon beim ersten Mal in Pine Hollow bewiesen. Sie schien das verwöhnte Kind reicher Eltern zu sein. Sie war herausgeputzt wie eine Schaufensterpuppe mit ihrer Mutter im Stall erschienen. Max hatte sie auf den braven Patch gesetzt, um zu sehen, ob sie sich überhaupt auf einem Pferd halten konnte. Aber noch bevor sie im Schritt einmal die Bahn umrunden konnte, hatte Veronica diAngelo (die wirklich das verwöhnte Kind reicher Eltern war) eine Tür so laut zuknallen lassen, daß Patch erschrak und im Galopp davonstürmte. Laura erwartete nichts anderes, als daß Julia im hohen Bogen vom Pferd fallen und sich den Arm oder sonst etwas brechen würde. Aber irgendwie schaffte es Julia, sich auf dem Pferd zu halten, ja es schließlich sogar zum Stehen zu bringen.

Auch jetzt, beim ersten Ausritt, zeigte Julia großes Geschick. Aber trotz Julias Naturtalent konnte draußen so viel Unvorhergesehenes geschehen. Deshalb war dieses kleine Training vor dem großen Wanderritt sehr wichtig.

Da bewegte sich etwas im hohen Gras. Laura war sofort in Alarmbereitschaft. Tatsächlich, schon scheute Delilah und sprang zur Seite. Ein Kaninchen flitzte über den Weg. Laura verkürzte automatisch die Zügel, setzte sich fest und gerade in den Sattel und umfaßte das Pferd mit den

Schenkeln. Delilah spürte die sichere Hand und beruhigte sich wieder. Inzwischen hatte sich auch das Kaninchen wieder im Gras versteckt.

Aber da sprang genau vor Pepper und Julia ein zweites Kaninchen über den Weg. Zu Lauras Entsetzen machte Pepper einen Satz rückwärts. Julia klammerte sich am Sattel fest, und dabei entglitten ihr die Zügel. Und als Pepper auch noch vorne etwas hochging, hatte Julia keine Möglichkeit, seinen Kopf wieder nach unten zu bringen. Das Kaninchen sprang zu allem Überfluß noch einmal zurück und geriet dabei unter Peppers Beine. Pepper mochte das gar nicht und bäumte sich wieder auf. Als er die Vorderbeine wieder auf den Boden brachte, ging er durch – ohne seine Reiterin. Julia war im hohen Bogen heruntergefallen und auf ihrer rechten Seite im Gras gelandet.

Laura wußte sofort, Julia brauchte Hilfe, aber gleichzeitig mußte Pepper eingefangen werden. Sie machte Jenny durch ein lautes „Halt" auf den Vorfall aufmerksam. Jenny wandte sich um, sah, was geschehen war, und brachte ihr Pferd zu Stehen. Sie saß ab und ging, Comanche am Zügel führend, zurück zu Julia.

Laura machte sich inzwischen mit Delilah an die Verfolgung von Pepper. Er war im Gehölz verschwunden, aber Laura wußte, daß gleich hinter der Baumgruppe ein Hügel lag. Als sie das Wäldchen durchritten hatte, sah sie Pepper bereits hügelan galoppieren. Sie mußte ihm den Weg abschneiden, bevor er auf der anderen Seite des Hügels wieder hinuntergaloppieren konnte. Denn das konnte für ihn gefährlich werden.

Geschickt dirigierte sie Delilah außen herum und galoppierte von der anderen Seite den Hügel hinauf, um oben mit Pepper zusammenzutreffen. Laura spürte, wie Delilah das Jagdfieber packte und sie für die Verfolgungsjagd zulegte. Nur wenige Sekunden vor Pepper hatten sie den Hügel bezwungen. Laura befürchtete, er würde gleich wieder davonpreschen, sobald er sie sehen würde, aber er hatte sich ausgetobt. Fast schien es, als meldete sich sein schlechtes Gewissen, denn er senkte den Kopf und begann in aller Unschuld zu grasen. Laura redete beruhigend auf ihn ein. Er hob den Kopf und schaute sie mit seinen glänzenden braunen Augen an.

„Schon gut, mein Junge", sagte sie. „Keiner ist dir böse. Aber wir gehen jetzt wieder zu Julia und schauen, wie es ihr geht. Komm..."

Er kam ihr nicht entgegen, aber er blieb ruhig stehen, als sie auf ihn zuging, sich von Delilah hinunterbeugte und nach seinem Zügel griff. Gehorsam folgte er ihr zurück auf den Weg.

„Bist du okay?" fragte Jenny. Julia lag noch ziemlich benommen auf dem Boden.

„Ich lebe, wenn du das meinst", antwortete Julia.

„Ich meine, ob du dir etwas gebrochen oder du dich sonst irgendwie verletzt hast?"

„Wahrscheinlich schon“, sagte Julia. Jennys Herzschlag stockte.

„Wie denn, was denn?“

„Mein Stolz ist verletzt“, brummte Julia. Jenny lachte.

„Hast du mich aber erschreckt! Komm, steh auf! Laura fängt Pepper ein. Wenn wir noch eine halbe Stunde reiten, kommen wir an einen schönen Platz neben einem Bach. Da können wir Mittagspause machen. Wenn du etwas gegessen hast, wird es dir bessergehen.“

„Ihr könnt reiten, ich gehe zu Fuß“, sagte Julia.

„Bist du doch verletzt?“ fragte Jenny und half Julia auf.

„Nein, mir fehlt nichts, aber ich reite nicht mehr, weil ich es offenbar nicht kann. Also lasse ich es sein.“

„Natürlich kannst du reiten“, widersprach ihr Jenny, „vor zwei Minuten hast du es doch noch gekonnt.“

„Nein, eben nicht“, protestierte Julia. „Du siehst doch, was geschehen ist.“

„Na und, dein Pferd hat gescheut, und du bist heruntergefallen. Das heißt doch nicht, daß du nicht reiten kannst“, erklärte ihr Jenny.

„Du bist doch auch nicht gestürzt, oder?“ fragte Julia.

„Nein, diesmal nicht, aber ich bin schon oft unfreiwillig abgestiegen – und bestimmt nicht zum letzten Mal!“

Wieder auf den Beinen, sah Julia ihre Freundin nur schweigend an. Jenny erwiderte besorgt ihren Blick. Julia hatte Glück gehabt. Aber konnte sie die Angst vor einem neuerlichen Sturz überwinden? Jenny kannte diesen Zustand sehr gut. Jeder Reiter mußte irgendwann damit fertig werden. Er war dann oft auf den guten Zuspruch eines Freundes angewiesen. Den erhielt Julia jetzt von Jenny.

„Da ist Pepper wieder", verkündete Laura fröhlich und führte ihn aus dem Gehölz. „Und ich glaube, er läßt sich wieder reiten."

„Nett von ihm, aber seine Reiterin will nicht", entgegnete Julia. Laura brachte die beiden Pferde zum Stehen.

„Julia ist der Meinung, sie kann nicht reiten", erklärte Jenny, „und sie will es aufgeben, jetzt auf der Stelle."

Jenny zwinkerte Laura zu. Sie waren sich einig, wie sie Julia jetzt anpacken mußten.

„Ich kann dich verstehen, Julia," sagte Laura. „Ein schwerer Entschluß. Aber schau dir dein Pferd an", sie deutete auf Pepper. Dieser ließ tatsächlich den Kopf hängen. „Wer weiß, ob es ihm nicht leid tut. Sitz doch wieder auf. Er hat sich doch schon an dich gewöhnt. Gib ihm wieder Vertrauen zu dir. Wenn du ihn jetzt nicht mehr reitest, wer weiß, in welche Hände er kommt. Er ist ein Schulpferd; er muß Geld einbringen." Julia sah Laura in die Augen und entdeckte darin ein schalkhaftes Funkeln.

„Du versuchst mein Mitleid für Pepper zu erwecken, damit ich ihm zuliebe wieder aufsitze", erklärte sie. Laura zuckte nur die Schultern. Da mußte Julia doch lachen.

„Vielleicht bin ich dumm und feige", sagte sie, „aber ich habe einfach Angst."

„Das macht nichts", meinte Laura, „wir kennen das, wir

haben das auch durchgemacht. Vergiß jetzt deinen Schreck und setz dich wieder auf dein armes Reittier!"

Julia klopfte sich den Schmutz von der Reithose und wischte ein paar dürre Blätter von Peppers Sattel. Sie brachte die Zügel, die ziemlich verdreht waren, in Ordnung und strich über Peppers Hals.

„Wir sind schon so ein Paar!" sagte sie. „Komm jetzt, mein Junge! Du fürchtest dich vor einem kleinen Kaninchen. Aber ich darf mich nicht vor einem großen Pferd fürchten!" Sie schob den linken Fuß in den Steigbügel und schwang sich in den Sattel. „Zum Glück", seufzte sie, „nichts gebrochen, aber bestimmt blaue Flecken. Vielleicht muß ich ein paar Tage im Stehen essen! Jenny, wie weit sagtest du, ist es noch zum Rastplatz?"

„Ach, gar nicht mehr weit", meinte Jenny und trabte Comanche an.

Eine Stunde später hatten die drei Mädchen ihr Picknick verzehrt. Die Pferde durften sich inzwischen ausruhen und ihren Durst im Bach löschen.

„Jetzt sollten wir direkt nach Pine Hollow zurückreiten", erklärte Jenny. „Meinst du, Max glaubt uns überhaupt, daß wir drei Stunden gebraucht haben, um die Querfeldeinstrecke abzureiten?"

„Ich denke, Max glaubt uns ohnehin nichts", sagte Laura. „Er durchschaut uns doch immer."

Jenny war inzwischen davon überzeugt, daß Max stillschweigend mit ihrem Ausritt einverstanden war. Er vertraute ihr und Laura und hatte ihnen ganz bewußt Julia mitgegeben, damit sie nicht völlig unerfahren den langen Wanderritt antrat.

„Hört zu, ich weiß einen anderen Rückweg", sagte Jenny. „Er führt zum größten Teil über Weiden. Den Pferden macht das Spaß, denn wir können viel galoppieren. Du wirst sehen, wie toll das ist, Julia!"

„Ich fürchte, ich habe heute schon genug gesehen", wandte Julia ein. „Vertrau mir nur", ermunterte sie Jenny und grinste verschmitzt. Julia vertraute Jenny wirklich.

Abwechselnd im Schritt, Trab und Galopp ritten die Mädchen über die Wiesen. Jenny schien den Weg sehr genau zu kennen, und die Pferde gingen freudig. Das einzige Problem war, daß die Mädchen immer wieder absteigen mußten, um die Weidegatter zu öffnen und zu schließen.

„Eine eiserne Regel, die für jeden Reiter gilt: Ein Weidegatter muß in jedem Fall wieder geschlossen werden", erklärte Laura ihrer Freundin Julia.

„Kommt, wir reiten die Abkürzung!" rief Jenny.

„Was für eine Abkürzung?" wollte Laura wissen.

„Schau, dort nach links!" Jenny deutete hügelabwärts. „Ich bin mir sicher, hinter diesem roten Gebäude liegt Pine Hollow. Wenn wir geradeaus darauf zureiten, ersparen wir uns leicht zehn Gatter."

„Aber wir kennen den Farmer nicht!" warnte Laura. „Eine weitere Regel für Reiter lautet nämlich: Immer nur erlaubte Wege benützen!"

„Ach, wer kümmert sich schon um drei Mädchen zu Pferd?" lachte Jenny.

„Mehr Leute, als du denkst..." wollte Laura noch einwenden, aber es war schon zu spät. Jenny galoppierte bereits über die fremde Weide und Julia dicht hinter ihr. Laura seufzte und folgte ihnen.

Julia genoß den Ritt über die offenen Weiden. Hin und wieder ist es doch gut, sich überreden zu lassen. Sie hatten das letzte Feld beinahe überquert, als sie ein seltsames Geräusch vernahmen. Zunächst wußte Jenny gar nicht, was es war. Ein wenig klang es wie das Muhen einer Kuh, aber auf dieser kleinen Wiese weidete keine Kuhherde.

Dann sah sie das Tier! Es war keine Kuh! Ein großer Stier hatte unter einer Baumgruppe gestanden und kam jetzt schnaubend hervor. Er stampfte mit einem Vorderbein auf den Boden. Seine Nüstern blähten sich. Julia faßte die Zügel nach. Im Schritt gingen die drei Mädchen über die Wiese und hofften, der Stier würde sie vorbeireiten lassen.

Plötzlich setzte sich der Stier in Bewegung. Obwohl er kurze Beine hatte, kam er erstaunlich schnell voran. Die Mädchen mußten die Flucht nach vorne antreten.

„Wir müssen hier raus", schrie Jenny, galoppierte Comanche an und ritt geradewegs auf den Zaun zu. Delilah und Pepper folgten ihr. Aber da war kein Gatter! Julias Herzschlag setzte aus. Sie saßen in der Falle! Pepper hatte schon bei einem Kaninchen gescheut – und jetzt stampfte ein Stier heran! Aber noch bevor Julia weiterdenken konnte, zeigte ihr Jenny, was sie zu tun hatte. Als Comanche sich dem Zaun näherte, lehnte Jenny den Oberkörper etwas nach vorne und hob sich leicht aus dem Sattel. Comanche sprang ab, flog über den Zaun und landete weich und elegant auf der anderen Seite. Jenny ließ Comanche noch ein paar Galoppsprünge auslaufen, dann brachte sie ihn zum Stehen. Sie wandte sich um und wartete auf ihre Freundinnen. Laura überwand mit Delilah den Zaun mit derselben Leichtigkeit. Julia hatte keine andere Wahl, als es ihren Freundinnen gleichzutun. Starr vor Angst lehnte sie sich vor dem Zaun nach vorne und verkrallte sich mit schweißnassen Händen in Peppers Mähne. Als sie schon glaubte, sie würden beide Kopf voraus in den Weidezaun donnern, schrien ihre Freundinnen: „Jetzt!" Entweder verstand Pepper oder er wußte selbst, was er zu tun hatte. Julia hoffte nur noch, daß Pepper im richtigen Moment sprang – und er sprang. Während sie sich am Sattel und in der Mähne festhielt, spürte sie, wie Pepper vom Boden abhob und sicher auf der anderen Seite des Zauns aufkam.

Noch nie in ihrem Leben hatte Julia soviel Angst ausgestanden und war danach mit einem so unvergleichlichen Glücksgefühl belohnt worden! Jenny und Laura jubelten laut und beklatschten Pepper und Julia.

„He, ich habe nicht gewußt, daß du springen kannst!" sagte Jenny mit ehrlicher Bewunderung.

„Ich auch nicht", bekannte Julia.

2

„Wenn mich jetzt noch einmal jemand fragt, wo die Reservesteigbügel sind, bekomme ich einen Schreikrampf!" verkündete Laura. Doch niemand hörte ihr zu.

In und um den Stall von Pine Hollow ging es zu wie in einem Bienenstock. Wahrscheinlich war Laura die einzige, die den Überblick noch nicht verloren hatte.

Elf Reiter und deren Pferde, die an dem dreitägigen Wanderritt teilnahmen, umkreisten Bus und Pferdetransporter. Jeder Reiter wollte mehrmals wissen, ob sein Gepäck schon verladen war und möglichst auch noch wo. Laura hielt ein Schreibbrett fest in der Hand und überprüfte alles zum hoffentlich letzten Mal. Aber nein, sie würden alle wieder antanzen.

„Kann man dir helfen?" fragte Jenny und schleppte ihren Rucksack mit der Schlafsackrolle zum Bus.

„Oh, danke", antwortete Laura. „Alle anderen fragen mich, ob ich ihnen helfen kann." Laura warf einen Blick auf ihre Checkliste. „Ja, du kannst etwas tun. Wir brauchen noch Hufkratzer. Joe versprach zwar, welche zu holen, aber er ist bis jetzt nicht wieder aufgetaucht. Hol bitte ein paar aus der Sattelkammer und pack sie in den Sack mit dem Putzzeug!"

Jenny salutierte mit spitzbübischem Grinsen und verschwand in Richtung Sattelkammer. Laura hakte den Posten „Hufkratzer" ein zweites Mal ab.

Veronica diAngelo stand neben dem Bus. Sie hatte ihre drei Freundinnen – besser gesagt: ihre Hofdamen, dachte Laura, um sich versammelt. Laura verbiß sich ein Kichern, als sie sah, daß alle drei – Meg Durham, Lorraine Olsen und Betsy Cavanaugh – die gleichen Reithosen trugen.

Es war das Modell, das Veronica letzte Woche getragen hatte. Bestimmt hatten sie ihren Müttern so lange in den Ohren gelegen, bis sie Veronica wieder einmal imitieren konnten.

Für mich wäre nichts an Veronica nachahmenswert, dachte Laura. Veronica besaß nur eins, was Laura sehr gerne gehabt hätte. Veronicas Vater hatte seiner Tochter einen wunderschönen englischen Vollbluthengst gekauft. Er hieß Cobalt. Um dieses Pferd zu besitzen, hätte Laura alles gegeben. Da es unmöglich war, umsorgte sie ihn, wann immer sie konnte. Veronica gefiel es, ein prämiertes englisches Vollblutpferd zu besitzen. Cobalt regelmäßig zu pflegen und zu reiten gefiel ihr dagegen weniger. Sie bat deshalb Laura oft, ihr zu helfen. Und Laura konnte nie nein sagen, weil sie dieses Pferd so sehr liebte.

„Haben wir auch Pferdedecken dabei?" fragte Red O'Malley, einer der Stallburschen von Pine Hollow. Laura sah auf ihre Liste und sagte ihm, daß die Decken eingepackt waren.

Als jeder Posten auf Lauras Liste zweimal abgehakt war, half sie die Pferde in die bereitstehenden Transporter zu verladen. Die meisten Pferde hatten gelernt, in Transporter zu gehen, manche taten es sogar gerne. Aber es gab immer wieder Pferde, wie Barq, den Lorraine reiten sollte, die Transporter haßten. Er war ein Araber – sein Name bedeutet im Arabischen „Blitz". Kam er nur in die Nähe eines Transporters, versuchte er jedesmal abzudrehen. Um dieses Mal die langwierige Prozedur zu vermeiden, führte ihn Lorraine, während ihm Laura einen Eimer Hafer vor die Nase hielt. So kaute er eifrig Hafer und stand schon im Transporter, bevor er sich darüber aufregen konnte.

Laura war erleichtert, daß ihnen der sonst übliche Ärger mit Barq erspart geblieben war. Dafür hatten Max und Red Probleme mit Diablo und Harry. Aber dann waren endlich alle Pferde verladen. Nachdem Laura auch den Fahrern nochmals versichert hatte, daß für jedes Pferd Sattel- und Zaumzeug schon verladen war, fuhren sie los. Der Bus sollte wenige Minuten später folgen.

Julia verstaute Schlafsack und Tasche im Bus und stellte sich dann zu Laura, um ein wenig mit ihr zu plaudern, während die restlichen Dinge eingeladen wurden. Julias Mutter ließ ihre Tochter nicht aus den Augen. Sie war es gewesen, die darauf bestanden hatte, daß Julia reiten lernte. Sie glaubte, eine vornehme junge Dame müsse etwas über Pferde wissen und ein wenig reiten können. Sie hatte aber nie gedacht, daß Julia eine Pferdenärrin werden würde, und stand nun wegen des Wanderritts schreckliche Angst um ihre Tochter aus. Während Julia mit Laura redete, unterbrach sie die Mädchen immer wieder, um Julia Ermahnungen mit auf den Weg zu geben.

„Geh bitte nicht zu nahe an eine Felskante, Liebling, und trinke auf keinen Fall unabgekochtes Wasser!" Julia nickte freundlich und versprach ihrer Mutter, vorsichtig zu sein. Laura bewunderte Julias Geduld, obwohl sie wußte, daß Mrs. Atwood eben nur besorgt war.

„Mom, ich glaube, wir müssen uns jetzt verabschieden", sagte Julia behutsam. Sie umarmte ihre Mutter kurz und herzlich. „Bis Sonntag, sechs Uhr abends, okay?"

„Okay, Liebes", entgegnete Mrs. Atwood. „Viel Vergnügen!" Dann ging sie zu ihrem Kombiwagen. Julia lächelte.

Julia war nicht die einzige Reiterin, deren Mutter sich nicht von ihrem Kind trennen konnte. Mrs. diAngelo fuhr in ihrem Mercedes vor und ließ ein Fenster herunter.

„Wie bin ich froh, dich noch anzutreffen, Liebling", rief sie. „Ich habe dir noch etwas mitgebracht!"

Mrs. diAngelo überreichte Veronica zwei Satteltaschen. Selbst aus der Entfernung konnte Laura sehen, daß dies keine gewöhnlichen Satteltaschen waren. Sie waren von „Hermès", einem exklusiven französischen Hersteller. Laura schätzte, daß jedes Schulpferd von Pine Hollow wahrscheinlich weniger gekostet hatte als diese Satteltaschen.

Veronica nahm das Geschenk ihrer Mutter in Empfang, als wäre es ein vergessener alter Schlafanzug.

„Danke, Mutter", sagte sie kühl.

„Schau hinein!" forderte sie ihre Mutter auf. Sie war ganz aufgeregt. Veronica hob eine Taschenklappe hoch und zog eine große Tüte mit den teuren Perugina-Pralinen heraus. „Ich dachte, so etwas bietest du abends am Lagerfeuer gerne deinen Freunden an!" Veronica lächelte sogar.

„Danke, Mutter. Aber ich glaube, ich muß jetzt einsteigen; der Bus wartet. Bis Sonntag!"

Mrs. diAngelo schloß per Knopfdruck ihr Autofenster und fuhr davon.

„Schau dir das an", sagte Jenny und gesellte sich zu Laura und Julia. „Was Veronicas Mutter sich einfallen läßt, um ihrer Tochter ein Lächeln und vielleicht ein Dankeschön abzuringen."

„Deshalb ist sie so ein Biest", sagte Laura gehässig.

„Ja, aber ein Biest mit den köstlichsten Pralinen fürs Lagerfeuer!" meinte Jenny.

„Weißt du", sagte Julia, „da ist mir trotzdem eine Mutter lieber, die ein wenig zu besorgt ist um mich, als eine Mutter, die mir mit einer Luxus-Satteltasche nachfährt, die mit teuren Pralinen gefüllt ist."

„Mir auch", stimmte ihr Jenny zu.

Laura blieb stumm. Ihre Mutter war nach langer Krankheit letzten Herbst gestorben. Sie war weder wie Mrs. Atwood noch wie Mrs. diAngelo gewesen, sondern einfach perfekt. Laura fehlte sie sehr, aber immerhin blieb ihr die Erinnerung an sie.

„Bitte einsteigen!" rief Max, und einen Moment später stürmten elf Leute den Minibus, der sie zum Ausgangspunkt des Wanderritts bringen würde.

Laura stand an der Tür des Busses und fragte jede Reiterin und jeden Reiter, sogar Max, ob sie ihren Schlafsack und ihr persönliches Gepäckstück auch bestimmt verladen hatten. Jeder bejahte, und Laura hakte die Namen auf ihrer Liste ab. Schließlich stieg Laura als letzte ein.

„Okay, Hanson, hast du deinen Schlafsack und deine Tasche verladen?" neckte sie Jenny im Ton eines Marineoffiziers. Laura errötete. Hatte sie ihre Kameraden zu sehr kommandiert? Es war so viel zu tun gewesen – und Max hatte sich auf ihre Hilfe verlassen.

„Natürlich!" antwortete sie. Sie sah ihre beiden Taschen deutlich vor sich – vor ihrer Haustür. Und dort standen die Taschen noch immer! Als ihr Vater mit dem Wagen vorgefahren war, war sie eingestiegen und hatte ihr Gepäck stehengelassen! Ohne Schlafsack und Reisetasche konnte sie nicht mitkommen! Max wäre zwar sicher bereit, den Bus den kleinen Umweg zu ihrem Haus machen zu lassen. Aber das war peinlich!

Wie versteinert stand sie auf dem Trittbrett des Busses.

Da ertönte ein lautes Hupen hinter ihr. Erschrocken wandte sie sich um. Ihr Vater! Er brachte seinen Wagen direkt vor dem Bus zum Stehen, sprang heraus, öffnete den Kofferraum und holte ihre beiden Taschen heraus.

„Ohne die willst du doch nicht verreisen, Liebling?" sagte er und stellte die Gepäckstücke vor Laura ab. Hastig schob sie sie in die letzte noch offene Gepäckkammer des Busses und schloß dann die Klappe.

„Vielen Dank, Daddy", rief sie. Und unter den neugierigen Augen der gesamten Reitergesellschaft umarmte sie ihren Vater und gab ihm den Kuß, den er verdiente.

„Du bist der Beste!"

„Weiß ich", sagte er. „Mach dir ein paar schöne Tage, hörst du!"

Laura strahlte ihn an.

„He, Oberst Hanson!" rief Jenny durch das offene Busfenster. Lachend winkte ihr Mr. Hanson zu. Die beiden waren dicke Freunde und tauschten bei jeder Gelegenheit alte Witze aus.

„Was hat vier Beine und einen Rüssel?" rief Jenny lachend.

„Ein Elefant auf Reisen", rief er zurück.

„Und wie nennen Sie Laura, wenn sie auf Reisen geht?"

„Vergeßlich!" antwortete er grinsend.

Die ganze Mannschaft lachte, und Laura bestieg den Bus. Und dann ging es los!

3

Sie waren am Ausgangspunkt ihres Wanderritts angekommen. Hier erlebte Laura zunächst, daß das Ausladen der gesamten Fracht kaum weniger aufreibend war als das Einladen.

Delilah ging ungewöhnlich gelassen aus dem Transporter, dafür zeigte sich, daß sich Barq ebenso ungern ausladen ließ wie einladen. Red O'Malley bekam einen Schlag gegen sein Schienbein. Er verzog das Gesicht, sagte aber, er wäre okay.

Bestimmt bekommt er grüne und blaue Flecken und dazu ein geschwollenes Bein, dachte Laura mitfühlend. Pferde sind eben große und starke Tiere. Geht man viel mit ihnen um, bekommt man irgendwann einmal etwas ab. Red beklagte sich nicht, denn er kannte das Risiko.

Endlich waren die Pferde ausgeladen. Nun wurde die gesamte Zelt- und Picknickausrüstung in einen Kleinlaster umgeladen, der die Reiter mittags und abends an den jeweiligen Rast- und Lagerplätzen erwarten würde.

„Hoffentlich bleibt der Fahrer nicht irgendwo auf der Strecke“, scherzte Laura. Jenny und Julia lachten.

Die Reiter holten nun ihr Sattel- und Zaumzeug und begannen, ihre Pferde zu satteln.

„Ich sattle nicht gerne auf, besonders wenn Comanche unruhig ist", sagte Jenny. „Aber Comanche hält heute ganz still. Ich glaube, er möchte auch so schnell wie möglich unterwegs sein."

„Stimmt", sagte Julia. „Sieh doch, Pepper schaut so interessiert in die Gegend, daß er nicht einmal gemerkt hat, wie ich den Sattelgurt festgezogen habe!" Pepper hatte die Angewohnheit, sich aufzublasen, wenn sein Reiter den Sattelgurt anzog. Später ließ er die Luft ab, und der Gurt saß locker und für ihn bequem. Für den Reiter jedoch konnte das gefährlich werden. Julia mußte deshalb immer zweimal nachgurten. Heute allerdings war es nicht nötig.

„Aufsitzen!" rief Max, und der Wanderritt begann.

Der erste Tag würde langsam angehen, hatte Max seinen Reitern erklärt. Für den Weg bis zum Picknickplatz war ungefähr eine Stunde eingeplant. Dann, nach dem Mittagessen, würden sie fast nur bergauf reiten, zu einer großen Almwiese. Das wäre dann die Hälfte ihres Anstiegs zu dem Berg, der ihr Ziel war. Am späten Nachmittag müßten sie die Bergalm erreicht haben. Die Pferde sollten die Nacht auf der Weide verbringen, während das Zeltlager auf einer kleinen Anhöhe darüber aufgestellt werden würde.

Julia war überglücklich. Noch vor einem Monat hatte sie von Pferden, keine Ahnung gehabt und jetzt ritt sie an diesem warmen, sonnigen Tag durch einen herrlichen Bergwald, in dem noch die letzten Frühlingsblumen blühten. Auf dem schmalen Pfad, der von mächtigen Eichen beschattet war, gingen sie hintereinander im Schritt. Das erste Wegstück war gesäumt von Lorbeerbäumen. Julia pflückte einen kleinen Zweig und steckte ihn sich hinters Ohr.

„Was sagst du zu dieser Landschaft?" rief Jenny von hinten.

„Ich komme mir vor wie im Märchen", rief Julia zurück, „ich warte nur darauf, daß hinter der nächsten Biegung ein Pfefferkuchenhaus auftaucht."

Der Pfad verbreiterte sich und führte durch ein Tannenwäldchen. Das warme Sonnenlicht lag auf den Bäumen und dem Nadelteppich, über den sie jetzt lautlos ritten. Es roch kräftig nach Wald.

„Hier riecht es doch irgendwie nach Weihnachten!" rief Laura ihren Freundinnen zu. Sie holte tief Luft. Was für ein würziger Duft!

Solange der Weg breit war, ließ Max die Gruppe traben und dann sogar galoppieren. Pepper war ebenso übermütig wie seine Reiterin. Noch nie hatte er Julias Hilfen so willig angenommen. Als sie ihn im Trab leicht mit der Wade hinterm Gurt antupfte, sprang er sofort in einen wunderbar verhaltenen Galopp. Julia hatte sich noch nie so wohl und sicher im Sattel gefühlt. Jetzt wußte sie erst, wieviel Spaß das Reiten machen konnte! Sie neigte den

Kopf und drückte ihn gegen Peppers Hals, um etlichen tiefhängenden Tannenästen auszuweichen. Als sich dann der Weg wieder verengte, parierte sie Pepper durch zum Schritt und seufzte zufrieden.

„War das schön?“ fragte Jenny.

„Einmalig“, antwortete sie ehrlich. Sie schmunzelte, weil sie sich einbildete, daß auch Pepper zufrieden grinste – natürlich auf seine Weise.

„Hab ich Hunger, ich könnte ein Pf...“, Jenny biß sich auf die Zunge, „... Elefanten verspeisen“, kicherte sie. Julia stöhnte über Jennys Witz.

„Ich bin auch mit den Erdnußbutterbroten zufrieden, die Mrs. Reg heute früh gestrichen hat“, erwiderte sie. Mrs. Reg war die Mutter von Max, die von allen Mädchen sehr geschätzt wurde.

„Wir kommen schon noch zum Essen“, sagte Laura. „Schauen wir erst einmal nach unseren Pferden!“

Julia und Jenny gingen gehorsam mit Laura zu dem Platz, wo die Pferde angebunden waren. Und gleich darauf marschierten die drei Mädchen mit den Wassereimern zum Bach und schöpften frisches, kühles Wasser für ihre Pferde.

„Nicht zuviel“, warnte Laura ihre Freundin Julia.

„Stimmt, einem erhitzten Pferd darfst du nie zuviel Wasser auf einmal geben“, erklärte Jenny. „Es kann davon schlimme Bauchkrämpfe bekommen. Bei uns Menschen ist es auch so.“

„Ja, ich weiß", sagte Julia. „Nach der Ballettstunde dürfen wir auch nur schluckweise trinken, besonders an heißen Tagen."

Julia war recht froh, den Eimer nur knapp halbvoll vom Bach zurückschleppen zu müssen. Er war schon so schwer genug. Doch Pepper war dankbar für die Erfrischung. Er berührte mit seiner Nase zärtlich ihren Nacken, als sie den Eimer vor ihm niederstellte. Sie ließ ihn aber nur ein paar Schlucke nehmen, dann gab sie ihm eine Handvoll Heu, das der Kleinlaster inzwischen gebracht hatte. Pepper schien alles sehr zu behagen. Daraufhin machten sich Julia und Jenny auf den Weg zum Picknickplatz und versprachen, Laura einen Platz freizuhalten.

Laura beobachtete Delilah beim Trinken und strich sanft über den goldfarbenen Pferdehals. Delilahs Verhalten schien sich verändert zu haben. Sie machte zwar einen zufriedenden Eindruck, war aber viel ruhiger als sonst. Unterwegs ging sie willig vorwärts, aber ihr Temperament hatte nachgelassen. Laura hätte das eigentlich begrüßen müssen, denn so war sie viel umgänglicher. Aber bei einem Pferd konnte Stimmungswechsel auch das Anzeichen für eine Krankheit sein. Sie nahm sich vor, Max darauf anzusprechen.

Als schließlich Delilah zufrieden ihr Heu zermalmte, verspürte auch Laura heftigen Hunger. Sie ging zum Picknickplatz, nahm sich zwei belegte Brote und einen Becher Fruchtsaft. Dann sah sie sich nach Jenny und Julia um.

Die beiden Mädchen hatten sich gerade unter einem großen, alten Hickorybaum niedergelassen, der von zartem grünem Farn umstanden war.

„Geht es euch gut?" fragte Betsy Cavanaugh, als sie Laura vorbeigehen sah. Betsy lagerte bei Veronica und dem Rest ihres Fanclubs.

„Ausgezeichnet. Und euch?"

„Oh, es ist einfach toll", schwärmte Betsy.

Laura lächelte zustimmend und ging weiter. Aber dann sah sie sich doch noch einmal um. Veronica war ihr aufgefallen. Sie saß auf einem Felsblock, neben ihr standen ein leer gegessener Teller und eine Tasse. Sie hatte sich die Stiefel ausgezogen und war völlig entspannt.

Wenn Veronica schon mit dem Mittagessen fertig war, konnte das nur bedeuten, daß sie Cobalt nicht versorgt hatte. Wie üblich hatte sie vorausgesetzt, daß jemand anderer dies für sie tun würde.

Sie verdient dieses Pferd nicht, schimpfte Laura in sich hinein und stapfte hinüber zum Hickorybaum.

„Könnt ihr die Ameisen für ein paar Minuten von meinem Essen fernhalten?" bat sie ihre Freundinnen.

„Klar", sagte Julia und wickelte die Brote in eine Serviette.

Laura ging zurück zu den Pferden. In wenigen Minuten hatte sie Cobalt mit Wasser und Heu versorgt. Eigentlich hätte sie Veronica zwingen müssen, es selbst zu tun, aber es bereitete ihr immer Freude, dieses majestätische Pferd zu versorgen. Sie strich ihm noch über den geschmeidig-glatten Hals, und er rieb seinen Kopf an ihrer Schulter. Erst nachdem sie Cobalt versorgt hatte, aß sie selbst etwas.

Zur Überraschung aller trafen die Reiter schon eine halbe Stunde früher als geplant am Lagerplatz ein.

„Ich kann es nicht glauben!" sagte Jenny zu Laura. „Wir sind überpünktlich!"

„Ja, aber so ist es", meinte Laura. „Die Pferde gingen doch auch recht zügig, besonders das letzte Stück. Sie scheinen es wohl zu genießen, sich einmal auslaufen zu können."

„Du glaubst also, es macht ihnen ebensoviel Spaß wie uns?" fragte Jenny.

Max wies die Jungen und Mädchen an, ihre Pferde außerhalb der Koppel anzubinden und vorläufig nicht abzusatteln. Erst während der Nacht sollten sie sich in der Koppel frei bewegen.

„Die Pferde sollen erst einmal abkühlen und sich ein wenig entspannen. Wir schlagen inzwischen die Zelte auf. Danach möchte ich noch ein paar Pferdespiele mit euch machen. Seid ihr alle damit einverstanden?" fragte Max.

Und ob sie einverstanden waren! Laura kannte schon einige Spiele. Es gab dabei immer einen Riesenspaß.

„Nun hört zu!" verkündete Max eine halbe Stunde später seinen Reitern. „Wir spielen ‚Die Reise um die Welt'. Wir bilden zwei Gruppen; jede Gruppe besteht aus fünf Reitern mit ihren Pferden. Jedes Reiterpaar der beiden Gruppen bekommt eine Nummer zwischen eins und fünf. Nun bilden wir einen großen Kreis in zwangloser Aufstellung. Ich rufe jeweils eine Nummer und eine Gangart auf. Zum Beispiel: ‚Nummer-eins-Paare traben!' Dann traben die beiden Reiter mit der Nummer eins auf der rechten Hand um den Kreis, und wer als Erster an seinem Ausgangspunkt wieder ankommt, hat seiner Gruppe einen Punkt eingebracht. Fällt jedoch ein Pferd aus seiner Gangart, weil es entweder zu schnell oder zu langsam geworden ist, oder der Reiter beendet seine Runde nicht an seinem Ausgangspunkt, wird seiner Gruppe ein Punkt abgezogen, und der Reiter der anderen Gruppe gewinnt einen Punkt."

„Na, das wird spannend! Ich hoffe, wir bekommen die Jungen in unsere Gruppe und nicht Veronica und ihre ‚Schatten'", flüsterte Jenny. Sie hatte mit Veronica schon Reiterspiele erlebt und kannte sie als rücksichtslose und unfaire Partnerin.

„Ich habe das dumpfe Gefühl, daß du dir da falsche Hoffnungen machst", warnte sie Laura.

Und so kam es. Zu Jennys großem Kummer wurde der Sattelclub auseinandergerissen. Zwar waren sie und Laura in einer Gruppe mit Meg, Lorraine und Red. Aber Julia war in der anderen Gruppe mit Veronica, Joe, Betsy und

Adam Levine, einem neuen Schüler von Max. Jenny sah Julias Grimasse, als Max die Gruppen ansagte. Sie durchschaute aber auch die Absicht von Max bei dieser Aufteilung: Er wollte, daß bessere und schlechtere Reiter gerecht auf beide Gruppen verteilt war.

Schnell waren den Reitern ihre Nummern zugeteilt, und alle bildeten einen Kreis. Max stellte sich auf seinem Pferd Diablo in die Mitte des Kreises und rief die Nummern und Gangarten auf. Jenny wartete ungeduldig auf das Aufrufen ihrer Nummer drei. Endlich war es soweit!

„Die Nummern drei – Galopp!" rief Max. Jenny war dann doch einen Moment überrascht, Julia als Gegnerin gegenüberzustehen. Jenny hoffte, Julia ohne Probleme schlagen zu können, da sie ja noch eine Anfängerin war. Aber Julia ging blitzschnell mit Pepper nach rechts um den Zirkel und galoppierte das Pferd sofort an. Und noch bevor Jenny den Zirkel umrundet hatte, parierte die atemlose Julia ihren Pepper schon an ihrem Ausgangspunkt durch.

Jenny lachte und winkte Julia zu. Sie hatte sich zu überlegen gefühlt und war nicht mit vollem Einsatz geritten. Julia hatte fair und verdient gewonnen. Dieses Mal!

Nach der ersten Runde führte Jennys Gruppe, die „Blauen", trotz Jennys Unachtsamkeit. In der zweiten Runde waren die „Roten" erst richtig aufgewacht und setzten sich voll ein. Das Zwischenergebnis fiel knapp aus – drei zu zwei – aber jetzt führten die „Roten".

„Letztes Spiel!“ verkündete Max. „Die Verlierer sammeln Feuerholz!“

Das war typisch Max: Er verteilte gerne Jobs nach reiterlichen Leistungen. Freiwillig hätte Jenny gern Holz für das Lagerfeuer gesammelt, nur wenn sie es tun mußte, weil sie von jemandem besiegt worden war, sah das anders aus. Sie musterte ihre Mannschaftsmitglieder. Laura hatte wie immer einen ruhigen Gesichtsausdruck, der nichts verriet. Aber Laura konnte leicht ruhig bleiben. Ihr Gegner war Adam Levine. Sie ritt achtmal besser als der Junge. Zweimal hatte sie ihn schon besiegt. Niemand zweifelte an ihrem dritten Sieg über ihn.

Auf den Gesichtern von Meg, Lorraine und Red lag Entschlossenheit. Sie wollten bestimmt nicht Holz sammeln!

„Nummer vier – traben!“ eröffnete Max das letzte Spiel. Lorraine und Betsy starteten. Es wurde kein Kopf-an-Kopf-Rennen! Lorraines Pferd hatte keine Lust zu traben, und Betsy gewann locker. Die „Roten“ lagen weiter in Führung: eins zu null.

„Nummer fünf – Schritt!“ rief Max.

Red und Joe starteten im Schritt. Joe war ein guter Reiter, aber Red war noch besser. Er verstand es, sein Pferd Harry in einen starken Schritt zu bringen. Red gewann die Runde überlegen.

Als Laura und Adam traben mußten, war es nicht anders. Laura wußte, wie sie Delilah anzuspornen hatte, damit sie ihre Tritte verlängerte. Adam brachte Tecumseh in einen respektablen versammelten Trab, blieb aber weit hinter Delilah zurück. Laura gewann mühelos.

„Nummer zwei – versammelter Galopp!" Veronica und Meg starteten vom Fleck. Dennoch war Veronicas verschlagener Blick Jenny nicht entgangen. Veronica hatte noch nie wirklich gekämpft, aber nun, das wußte Jenny, würde sie alles tun, um nicht Holz sammeln zu müssen. Und sie tat es. Als sie hinter Max vorbeiritt, trieb sie Cobalt vom versammelten in den starken Galopp. Sie war folglich schneller als Meg – und gewann. Jenny bemerkte Megs erstaunten Blick. Sie hatte genau gesehen, daß Veronica ihre Gangart nicht eingehalten hatte. Doch dann biß sie sich auf die Lippen. Jenny verstand. Würde Meg jetzt Veronica anklagen, würde sie für immer aus ihrem Freundeskreis verstoßen werden. So teuer wollte sich Meg die Gerechtigkeit nicht erkaufen.

Jenny hätte zwar nichts zu verlieren gehabt, aber da es sie nicht betraf, sah sie keinen Grund, den Verlauf des Spiels zu stören. Wenn Max nichts gesehen hatte, okay. Jenny und die „Blauen" würden ihre Chancen noch nützen.

Bevor Max das letzte Paar aufrief, ging Jenny noch durch den Kopf, ob wohl sonst noch jemand den Vorfall bemerkt haben könnte. Leicht möglich, daß nach dem Spiel jemand Veronicas Mogeltour zur Sprache bringen würde.

„Nummer drei – traben!“ Jenny und Julia wendeten ihre Pferde aus dem Kreis. Jenny brachte Comanche mit Kreuz- und Schenkelhilfen in einen flotten, verstärkten Trab. Als sie aber dann über den Zirkel schauen konnte, war ihr sofort klar, daß Pepper, wohl beflügelt von der großen Weite um ihn herum, noch schwungvoller und schneller trabte. Da konnte Comanche nicht mithalten. Jenny wollte wirklich gewinnen.

Sie verstärkte ihre Hilfen, und Comanche erweiterte gehorsam seine Tritte, aber wahrscheinlich würden sie es nicht mehr schaffen.

Jeder Wettkämpfer weiß, daß man seinen Gegner während eines Rennens nicht beobachten soll. Aber Jenny ließ Julia nicht aus den Augen. Sie machte ihre Sache wirklich gut, und Jenny war stolz auf ihre Freundin. Sie ritt doch wirklich noch gar nicht lange!

Noch einmal warf Jenny einen verstohlenen Blick auf das Paar und sah zu ihrem Erstaunen, daß Julia Pepper zurücknahm. Es geschah sehr unauffällig, aber Jenny hatte es gesehen. Und prompt fiel Pepper in den Schritt. Er hatte die Gangart gewechselt! Das bedeutete: Sieg für die „Blauen“! Jenny trabte ihren Zirkel zu Ende, wendete ab, wo ihr Platz war, und reihte sich wieder ein. Dann wartete sie, bis Julia ihre Runde zu Ende geritten hatte. Bestimmt würde ihre Miene jetzt Ärger und Enttäuschung ausdrücken! Immerhin, vom Trab in den Schritt zu fallen, wenn es nicht sein sollte, war übles Anfängertum. Julia war darüber doch längst hinweg! Doch als Jenny schließlich das Gesicht ihrer Freundin sehen konnte, bemerkte sie ein schlaues Lächeln – und verstand.

Julia hatte Veronicas Trick bemerkt. Hätte sie Max darauf aufmerksam gemacht, wäre möglicherweise der Abend am Lagerfeuer verdorben gewesen. Also hatte sie das getan, was den gerechten Ausgang des Spiels garantierte: Sie hatte ihrer Gruppe den Sieg vermasselt, indem sie ganz bewußt Pepper zum Schritt durchparierte. Jeder mußte glauben, es war der Fehler einer Anfängerin.

Jenny imponierte es mächtig, wie Julia Veronica indirekt bestrafte. Sie bezweifelte ernsthaft, ob sie selbst den Mut dazu gehabt hätte.

„Wie konntest du so etwas machen?" warf Veronica Julia vor.

„Was denn?" antwortete Julia mit Unschuldsmiene.

„Merk dir, in meiner Gruppe wirst du nie mehr mitreiten! Nie mehr!" schimpfte Veronica.

„Damit kann ich leben", entgegnete Julia gelassen.

Jenny zwinkerte Laura zu.

4

„Was würde ich nur ohne dich machen, Laura?“ sagte Max. Laura strahlte. Max war kein Mann, der leichthin Komplimente verteilte. Sie hatte auch schon drei Reitkurse bei ihm absolviert, bevor er sie das erste Mal lobte!

„Ich helfe einfach gern“, sagte sie, strich Patch die Decke über dem Rücken glatt und hakte die Halteriemen unter seinem Bauch und am Hals ein. Die Nächte in den Bergen waren immer kühl, und wenn die Pferde die Nacht im Freien verbrachten, mußten sie eingedeckt werden.

„Ich will doch selbst einmal einen Reitstall führen, da muß ich mich doch einarbeiten.“

„Das mußt du, denn da gibt es wirklich viel zu tun“, versicherte ihr Max.

„... und noch mehr gibt es zu tun, wenn du von Leuten wie Veronica Pferde in Pension nimmst“, fügte Red hinzu, als Max weitergegangen war, um Diablos Decke zu überprüfen. Der Ärger in seiner Stimme war unüberhörbar. „Sie hat Cobalt wieder einmal weder gefüttert noch getränkt!“

„Ich kümmere mich darum“, sagte Laura schnell.

„Ich habe es schon gemacht", beruhigte sie Red, „du hast ihn doch schon mittags versorgt." Es wunderte Laura nicht, daß Red Veronicas Nachlässigkeit zur Mittagszeit ebenfalls bemerkt hatte.

„Unsere Pferde sind eigentlich Stallpferde", sagte Max zu Laura, als er zurückkam. „Wir müssen ganz besonders auf sie achtgeben, wenn wir mit ihnen ins Gelände gehen." Jetzt erinnerte sich Laura, daß sie Max doch etwas fragen wollte.

„Ach, Max, weil du das sagst, Delilah benimmt sich so seltsam. Könnte es sein, daß sie krank ist?"

„Wie meinst du das?" fragte Max stirnrunzelnd.

„Sie ist ungewöhnlich sanft und ruhig, ganz anders, als ich es von ihr gewohnt bin. Trotzdem wollte sie mich heute beißen, als ich ihr Futter gab. Sie ist plötzlich völlig unberechenbar." Max lachte.

„Weiber", sagte er nur. „Es hört sich nicht so an, als müßten wir uns ernsthafte Sorgen um sie machen." Laura war sich da nicht so sicher.

Jenny lehnte sich gegen einen Baum und rieb ihren müden Rücken an der rauhen Rinde. Es war ein herrlicher Tag gewesen. Jetzt unterhielten die Reitschüler sich wieder über das beliebte Thema: „Wer war Max I.?"

Maxmilian Regnery III. war der derzeitige Besitzer und Geschäftsführer von Pine Hollow. Gegründet hatte die Anlage Anfang des Jahrhunderts sein Großvater. Einige

Leute in der Stadt erinnerten sich noch an den Vater von Max, den sie Max II. genannt hatten. Er war ein ernster, grimmig dreinblickender Mann gewesen. Wenn er durch die Straßen der Stadt ging, hatte er immer eine Reitpeitsche dabei.

Max I. war schon vor langer Zeit gestorben. Deshalb rankten sich die wildesten Geschichten um den Mann, der einen so schön gelegenen Platz erworben und darauf einen Reiterhof erbaut hatte.

„Er war bestimmt ein wilder Reiter", begann Jenny.

„Ich habe nur gehört, Max I. war ein guter Reiter", protestierte Meg.

„Nein, ich glaube, er war ein ganz verwegener Reiter, der mit Teddy Roosevelt im Spanisch-Amerikanischen Krieg eine Schlacht gewann."

„Oh, ja", erinnerte sich Meg, „Roosevelt war doch der Bursche, von dem der Ausspruch stammt: ‚Sprich leise, aber nimm immer einen Stock mit.'"

„Stimmt!" sagte Jenny. „Und deshalb ging Max II. immer mit der Reitgerte durch die Stadt!" Alle lachten, außer Joe Novick. Er wartete auf einen stillen Augenblick.

„Ich bin nicht eurer Meinung", erklärte er. Die Gruppe um das Lagerfeuer drehte ihm die Köpfe zu. Wie war seine Theorie von Max I.? „Ihr vergeßt alle das große Erdbeben von San Francisco!"

„Was hat das mit Max I. zu tun?" wollte Betsy wissen.

„Für mich war der Mann 1906 in San Francisco", erklärte Joe ganz selbstverständlich. „Ihr habt doch alle diese alten Sandeimer im Stall gesehen?" Es stimmte, jeder kannte diese Eimer. In einem Stall fürchtet man nichts mehr als ein Feuer. Deshalb standen in Pine Hollow, zusätzlich zu den modernen Feuerlöschern, überall im Abstand von einem halben Meter große Sandeimer aus Leder.

„Ich glaube sogar, daß Max I. der berittenen Feuerwehr angehörte, die San Francisco vor dem Feuer gerettet hat."

„Wieso gerettet?" unterbrach ihn Laura. „Die ganze Stadt ist doch damals niedergebrannt!"

„Ich wollte sagen, die Eimer sind noch ein Andenken an dieses große Feuer", verbesserte sich Joe. Das war durchaus möglich.

„Aber nein", meldete sich jetzt Julia zu Wort. „Ihr seht das völlig falsch." Alle wandten sich nun ihr zu. Selbst Max schien es zu interessieren, was Julia zu sagen hatte.

„Der Name eines Mannes erzählt immer eine Geschichte", begann sie. „In der Schule habe ich gerade erst gelernt, daß im Lateinischen das Wort für König ‚rex, regis' heißt. Also hat man Max I. den Namen Regnery gegeben, weil königliches Blut in seinen Adern floß – und ich nehme an, russisches Königsblut!" Die Gesellschaft rund um das Lagerfeuer brach in schallendes Gelächter aus. Das war bis jetzt die verrückteste Theorie. Aber Julia erklärte ihnen unbeirrt, daß Max I. wahrscheinlich sogar ein Sohn des russischen Zaren Nikolaus II. war.

„Dieser hatte mit Alexandra viele Kinder, deren Spuren sich in den Wirren der Revolution verloren. Wahrscheinlich hatte sich Max I. auf die Seite der Aufständischen geschlagen, hat vielleicht sogar für sie spioniert. Deshalb hat man ihn wahrscheinlich auch vor der Hinrichtung bewahren können. Dennoch mußte er immer fürchten, aufgespürt zu werden. Deshalb floh er nach Virginia, legte sich diesen Namen zu und gründete Pine Hollow!" Julia erntete großen Beifall für ihren originellen Beitrag.

„Gar nicht schlecht", sagte Jenny und lachte. In der Schule war Julia eine der Besten. Jetzt sah Jenny erstmals den Vorteil von soviel erworbenem Schulwissen.

Adam Levine machte sich den Spaß, Julias Geschichte von der russischen Vergangenheit der Regnerys zu widersprechen.

„Meiner Meinung nach bist du auf eine völlig falsche Spur geraten", erklärte er und gab sich Mühe, ernsthaft zu wirken.

„Du mißachtest die jedermann bekannte Tatsache, daß Mrs. Regnery stets einen Besen neben ihrem Schreibtisch verwahrt. Das war doch eindeutig der Besen, mit dem die Mutter von Max I., eine heimliche Hexe, in der Walpurgisnacht zum Hexentreffen flog. Sie erlaubte ihm nie, auf dem Besen zu fliegen – also verlegte er sich auf die Reiterei!" Wieder lachten alle schallend.

„Bitte, Max", drängte Meg, „erzähl uns endlich die wahre Geschichte!" Alle Augen richteten sich auf ihn. Max äußerte sich nie zu den albernen Geschichten über seinen Großvater, was natürlich diesen nur noch geheimnisvoller machte.

„Nun, was ich euch sagen möchte", begann er und legte eine Pause ein. Jenny dachte schon, er würde wirklich endlich etwas über seine Familie erzählen. Eine Grille zirpte. Als der letzte Ton in der Dunkelheit verklungen war, fuhr Max fort. „Ich möchte euch sagen", wiederholte er bedächtig, „ich glaube, ihr seid jetzt auf der richtigen Spur."

Er sagte das so ernsthaft, daß Jenny ihm einen Moment lang sogar glaubte.

Als sie später im Zelt in ihren Schlafsäcken lagen, kicherten Julia und Jenny noch eine Weile über die albernen Geschichten. Laura, müde und glücklich, bauschte sich das Kissen um die Ohren und schlief augenblicklich ein.

„Aber es muß doch eine richtige Antwort über die Herkunft von Max I. geben", flüsterte Julia, um Laura nicht zu wecken.

„Schon, aber nachdem nun schon so viele Gerüchte im Umlauf sind, läßt sich die wahre Gesichte nicht mehr herausfinden", meinte Jenny.

„Man müßte wieder auf den Ursprung zurückgehen", schlug Julia vor.

„So etwas wie eine Reise in die Vergangenheit?"

„Nein, ich meine, wir sollten in die Bücherei gehen und uns die alten Stadtregister geben lassen. Der Mann lebte doch in Willow Creek. Er kaufte Land und hatte Kinder. Da muß sich doch etwas über ihn herausfinden lassen." Wieder half Julias Wissen weiter.

„Tolle Idee!" räumte Jenny neidlos ein. „Aber ich wette, wenn wir die Wahrheit über diesen Mann herausfinden, wird uns keiner glauben."

„Richtig, die Wahrheit kommt sehr oft schlechter an als die Dichtung." Trotzdem freute sich Jenny auf die „wahre" Geschichte. Sie kuschelte sich in ihren Schlafsack und schloß die Augen. Bald träumte sie von Max I., der am Mast eines Piratenschiffes festgebunden war.

5

Am anderen Morgen hatte Max eine Springstunde im Gelände angesetzt. Julia saß zwar auf Pepper, mußte aber zusehen. Max, auf Diablo, stand neben ihr. Die anderen Reitschüler übten einen Kombinationssprung. Zuerst mußten sie über einen Bach springen, dann nach wenigen Metern über einen Baumstamm, der quer über einem Waldpfad lag.

„Dies sind keine schwierigen Sprünge“, sagte Max zu Julia, als Betsy auf Patch den Baumstamm überwunden hatte. „Aber du reitest noch nicht lange genug. Du mußt noch etwas mehr Erfahrung sammeln, bevor du auch an Springstunden teilnehmen darfst. Meistens warte ich zwölf Monate, bis ich neue Reitschüler springen lasse. Nächstes Jahr können wir vielleicht mit einem solchen Sprung beginnen.“ Julia nickte. Sie dürfte Max niemals gestehen, daß sie schon über einen Weidezaun gesprungen war! Max hielt sich immer sehr genau an seine Regeln. Niemand, wirklich niemand durfte mit dem Springen beginnen, bevor er nicht mindestens ein Jahr lang regelmäßig Reitstunden genommen hatte. So mußte sich Julia vorläufig damit zufriedengeben, vom Zuschauen zu lernen.

Trotzdem war sie rundum zufrieden. Der ganze Ausflug war bis jetzt absolut perfekt gewesen. Weder ein Gewitter noch Regen oder Sturm hätten ihre gute Laune verderben können. Sie genoß jede Minute.

Was war das für ein herrlicher Morgen gewesen! Julia hatte nicht mehr schlafen können. Sie wollte zu den Pferden. Leise war sie aus ihrem Schlafsack gekrochen, hatte sich aus dem Zelt geschlichen und war zur Koppel unterhalb des Zeltplatzes gehuscht.

Dort bot sich ihr ein Bild wie im Traum – nur noch schöner. Auf der Weide, über der noch der Morgendunst schwebte, grasten elf Pferde – und sieben Hirsche! Das Wild war wohl über den Koppelzaun gesprungen, angelockt von ein paar übriggelassenen Haferkörnern. Julia hielt den Atem an. Sie wagte auch nicht sich zu bewegen, denn sie wollte das Traumbild so lange es ging festhalten.

Einen Augenblick später war alles vorbei. Vom Lagerplatz her erscholl ein markerschütternder Schrei – unverwechselbar Veronica diAngelo. Im gleichen Moment setzten die Hirsche über den Zaun und flohen in den Wald. Julia eilte ebenfalls zum Lager zurück und erfuhr, daß Veronica neben ihrem Schlafsack einen Weberknecht entdeckt hatte. Julia wußte, daß Weberknechte harmlos sind und war deshalb bitterböse auf Veronica. Sie hätte nämlich gerne ihre Sattelclub-Freundinnen geholt und ihnen das Idyll gezeigt. Aber Veronica, wer sonst hätte das geschafft, hatte alles verdorben.

„Nach vorne neigen, Joe! Heb dich aus dem Sattel, so und – jetzt!" rief Max. Julia wandte ihre Aufmerksamkeit wieder der Springübung zu. Dusty, Joes Pferd, setzte über den Bach und landete harmonisch. Nach drei Galoppsprüngen überwand er auch den Baumstamm. Es war ein Genuß, den Paaren zuzusehen.

„Der Junge sitzt gut", vertraute Max ihr an. „Versuche dir das Bild für später einzuprägen, wenn du auch springen wirst."

„Mache ich", versicherte sie ihm. „Er hat sich an Dustys Mähne festgestalten. Ist das richtig?" wollte sie wissen.

„Ich kann jetzt nicht antworten", gab Max kurz zurück, „Veronica kommt!"

Veronica galoppierte mit Cobalt den Weg entlang auf den Bach zu.

„Langsam, nimm ihn zurück!" schrie Max.

Aber Veronica hielt Cobalt nicht zurück, im Gegenteil, Julia hatte den Eindruck, daß sie ihn eher noch antrieb. In vollem Galopp kam er an den Bach. Veronica drückte die Absätze gegen seine Seiten und hob sich aus dem Sattel. Cobalts geschmeidiger Körper richtete sich auf, er sprang und landete auf der anderen Seite. Aber Cobalt war zu schnell und kam ins Stolpern. Veronica schlug ihn mit der Gerte. Er richtete sich wieder auf, machte zwei Galoppsprünge und sprang über den Baumstamm. Diesmal landete er sicher.

„Veronica, komm zu mir!" befahl Max.

Veronica machte ein Gesicht, als wolle sie Max antworten: „Von dir lasse ich mir gar nichts sagen." Aber sie blieb zumindest stehen, solange Max mit ihr sprach.

„Ist dir denn nicht bekannt, daß du auf einen solchen Sprung nicht ungebremst zugaloppieren darfst? Du mußt das Pferd zurücknehmen und versammeln, bevor du springst! Das Pferd kommt doch mit viel zuviel Schwung an das Hindernis heran! Wie soll es damit im Gleichgewicht springen und auch noch sicher aufkommen? Wenn dir dein Pferd etwas wert ist, dann begehe diesen Leichtsinn nie wieder!"

„Ja, Max", sagte Veronica ohne das geringste Anzeichen von Reue in ihrer Stimme. Sie wendete Cobalt und ritt mit ihm zu den übrigen Reitern zurück.

Max schüttelte empört den Kopf. Dann sah er Jenny auf die Kombination zureiten und wandte ihr seine Aufmerksamkeit zu.

Auch Julia beobachtete Jenny, ihre Gedanken aber waren noch bei Veronica. Sie mußte schon ein grobes reiterliches Vergehen begangen haben, daß ihr Max so unverblümt die Meinung sagte. Immerhin war ihr Vater der reichste Mann der Stadt – ein Bankier, bei dessen Geldinstitut Max auf Pine Hollow Hypotheken aufgenommen hatte. Veronica war unausstehlich und unbelehrbar, aber Julia und alle im Stall wußten, daß Max sie nicht verärgern durfte.

„Wohin bist du denn heute so früh am Morgen verschwunden?" fragte Laura Julia etwas später. Die drei Mädchen halfen Red die Pferde zu tränken und zu füttern, bevor sie selbst Picknick machten.

„Ich habe Hirsche gesehen!" sagte Julia atemlos. Die drei Sattelclub-Mitglieder waren bis jetzt zu beschäftigt gewesen, um miteinander zu reden. Laura und Jenny staunten über Julias Erlebnis auf der Koppel.

„Ich habe gestern auf unserem Ritt hierher einen Hirsch gesehen. Aber gleich mehrere zusammen mit unseren Pferden grasen zu sehen, das muß einmalig gewesen sein!" sagte Jenny.

„War es auch", schwärmte Julia. „Wollt ihr morgen nicht auch früher aufstehen, dann schauen wir, ob sie wieder kommen?"

„Das machen wir!" sagten Laura und Jenny einstimmig.

„Hoffentlich kann unsere edle Miss diAngelo gut schlafen!" sagte Jenny.

„Ich hoffe, Max ist es gelungen, ihr den Mund ein wenig zu stopfen", meinte Julia. „Er hat sie nämlich ganz schön zur Schnecke gemacht."

„Wie das?“ Jennys Augen blitzten vor Schadenfreude.

„Weil sie den ersten Sprung aus dem vollen Galopp genommen hat“, erklärte Julia. „Zwar ist nichts passiert, aber er hat wohl schon lange auf eine Gelegenheit gewartet, ihr die Meinung zu sagen.“

„Das hat er wirklich getan?“ staunte Jenny.

„Sogar gründlich“, sagte Julia.

„Das kann ich mir gut vorstellen“, meinte Laura. „Ist sie tatsächlich die kleine Anhöhe heruntergaloppiert bis zum Sprung?“

„Ja“, sagte Julia, „aber was ist daran eigentlich so schlimm?“

„Weil du schon so gut reitest, vergesse ich immer wieder, daß du doch noch nicht so viel weißt“, sagte Jenny.

„Danke für das Kompliment“, entgegnete Julia leicht gekränkt.

„Entschuldige – du darfst mich nicht falsch verstehen“, beeilte sich Jenny zu sagen. „Es war eher ein Kompliment.“ Julia sah ihre Freundin von der Seite an. „Ich wollte sagen“, fuhr Jenny fort, „du bist eine gute Reiterin, obwohl du erst kürzlich angefangen hast!“ Julia nickte.

„Schon in Ordnung.“

„Du mußt jetzt leider etwas Pferdelehre über dich ergehen lassen, dann wirst du den Vorfall erst richtig verstehen“, begann Jenny ernsthaft. Julia neigte den Kopf. Sie war bereit, aufmerksam zuzuhören. Jenny und Laura wußten so viel über Pferde!

„Ein Pferd hat zwei Beinpaare: die starken Hinterbeine, der Motor sozusagen, und die schwächeren Vorderbeine. Das Problem ist, daß fast zwei Drittel des Pferdegewichts auf den Vorderbeinen lasten. Wenn nun die Hinterbeine, sprich der Motor, viel Gas geben, was der Fall ist, wenn ein Pferd galoppiert – und besonders bergab – dann liegt die ganze Kraft von Gewicht und Schwung auf den Vorderbeinen. Oft ist das einfach zuviel, das Pferd stolpert oder stürzt und mit ihm der Reiter. Dadurch können schlimme Unfälle passieren. Veronica müßte das eigentlich wissen."

„Ich habe gar nicht gewußt, welche Tragweite dieser Fehler haben kann", sagte Julia.

„Aber so ist es", bestätigte Laura. „Armer Kerl!" Laura ging zu Cobalt hinüber und streichelte seinen tiefschwarzen Hals. Er neigte den Kopf und stupste mit der Nase zärtlich gegen ihre Schulter.

„Schau, die beiden sind verliebt", scherzte Jenny. Die beiden Mädchen betrachteten das Paar und verstummten. Eigentlich gab es keinen Grund zum Scherzen.

„Jetzt üben wir den versammelten Galopp im leichten Sitz", verkündetet Max seiner Gruppe. „Einer nach dem anderen! Laura, du beginnst!"

Ein Schüler nach dem anderen galoppierte versammelt an, hob sich aus dem Sattel und verlagerte sein ganzes Gewicht in die Steigbügel. Julia versuchte es Laura so gut es ging gleichzutun. Sie machte diese Übung schon seit ihrer zweiten Reitstunde. Es war eine Gleichgewichtsübung, denn das Gleichgewicht auf dem Pferd ist eine wichtige Grundlage des Reitens.

Pepper trabte zuerst. Sobald er taktmäßig ging, legte Julia den linken Unterschenkel hinter dem Sattelgurt an seinen Bauch. Sofort galoppierte Pepper versammelt an. 20 Meter vor ihr, brachte auch Jenny ihr Pferd in einen langsamen Galopp. Aber schon vom ersten Galoppsprung an hatte Julia ein ungutes Gefühl. Etwas stimmte nicht. Zuerst drehte Pepper die Ohren nach links und nach rechts, dann legte er sie ganz flach an den Kopf. Das war ein schlechtes Zeichen. Ihm paßte etwas gar nicht! Dann hörte es auch Julia. Ein anderes Pferd kam von hinten vorgeschossen. Pepper war sonst recht friedfertig, aber er mochte es nicht, wenn ihn ein Pferd von hinten bedrängte. Was sollte sie tun?, überlegte Julia. Verlangsamte sie das Tempo, würde das andere Pferd sie gleich eingeholt haben, trieb sie Pepper an, würde es eine Verfolgungsjagd geben!

„Pepper", flüsterte sie ihm zu. „Alles ist okay – bleib ruhig! Komm mein Junge, komm." Julia fand ihre Worte beruhigend, doch Pepper wollte sich nicht darauf einlassen. Seine Ohren drehten sich wieder nach hinten. Und obwohl der Weg breit und eben war, sprang Pepper auf die äußerste rechte Seite hinüber. Vielleicht wollte er dem Pferd hinter ihm dem Weg versperren. Julia sah über ihre linke Schulter. Sie wollte doch wissen, wer das war. In diesem Augenblick schwenkte Pepper wieder auf die linke Seite des Weges. Hätte sie fest im Sattel gesessen, wäre nichts geschehen. Aber Julia war im leichten Sitz geblieben – und war durch ihr Umschauen etwas aus dem Gleichgewicht geraten. Pepper hatte auf die linke Seite gewechselt – und Julia war auf der rechten Seite geblieben: im Gras!

Bei ihrem Sturz von Pepper schlug sie einen Purzelbaum und landete sanft auf ihrer Schulter. Gleichzeitig fiel Pepper wohl auf, daß er seine Reiterin verloren hatte. Er machte auf der Stelle halt und stellte sich quer in den Weg. Was tut sie nur da unten im Gras?, schien er zu denken. Julia stellte sich dieselbe Frage!

Lorraine auf Barq konnte gerade noch ausweichen und schoß an ihnen vorbei. „Komm her, Junge!" lockte Julia ihr Pferd und rappelte sich wieder hoch.

„Alles okay, Julia?" rief Max ihr zu, während er von hinten heranritt.

„Alles okay", rief sie zurück. „Pepper und ich waren uns nur nicht einig, auf welcher Seite des Weges wir gehen wollten!"

Sie atmete einmal durch, um festzustellen, ob alles an ihr heil geblieben war, dann ging sie auf Pepper zu und faßte schnell die Zügel.

„Dummer Junge", sagte sie, klopfte ihm den Hals und legte die Zügel wieder über seinen Kopf. „Ich war aber genauso dumm, wirst du denken, und du hast recht!" Dabei steckte sie den linken Fuß in den Steigbügel. Schon war Max neben ihr.

„Kannst du weiterreiten?" fragte er. „Ich meine, hast du dir nicht weh getan?"

Julia hielt einen Moment inne, bevor sie sich in den Sattel schwang. Dann sah sie Max an. Was schwang da in seiner Frage mit? War es Sorge um sie? Ja – und nein! Julia sah ihm noch einmal in die Augen. Jetzt wußte sie es: Er verbiß sich ein Schmunzeln – oder auch ein Lachen!

„Es hat wohl reichlich komisch ausgesehen, was ich da geliefert habe?" fragte sie grinsend.

„Vielleicht nicht sehr elegant!" – und er lachte herzhaft.

Julia suchte mit dem Fuß ihren linken Steigbügel und lachte selbst laut heraus.

„Ich glaube, wieder aufsteigen ist die beste Medizin gegen soviel Dummheit", meinte sie schließlich gelassen.

„Aber nur, wenn wirklich nichts passiert ist", sagte Max abschwächend.

Wieder einmal hatte sie Glück gehabt, dachte Julia etwas später.

6

„Psst! Aufwachen! Aber leise!“ flüsterte Julia und rüttelte Laura sanft aus ihren Träumen.

„Waaas ist los?“ fragte Laura. Sie konnte Julia in der Dunkelheit kaum wahrnehmen.

„Bald kommt das Morgengrauen!“ drängte Julia. „Wir wollen doch schauen, ob wieder Hirsche bei unseren Pferden in der Koppel sind.“ Augenblicklich war Laura wach. Jenny rieb sich verschlafen die Augen.

„Ist es wirklich schon Tag?“ fragte sie.

„Nicht direkt“, antwortete Julia. „Aber es ist Zeit, aufzustehen, wir haben nämlich ein Sattelclub-Treffen unten bei der Koppel.“

Die drei Mädchen krochen aus ihrem Zelt. Sie trugen ihre warmen Schlafanzüge, denn sich anzuziehen war ihnen jetzt noch zu mühsam.

Auf Zehenspitzen und barfuß schlichen sie durch das Lager und den Hang hinunter zur Koppel, wo die Pferde weideten. Es war noch fast ganz finster – am Himmel standen Sterne. Der beinahe volle Mond hing tief am Horizont, und es sah aus, als würde er sich auf einen Berggipfel setzen und ausruhen. Im Osten leuchtete das erste Morgenlicht.

„Oh!" stöhnte Jenny und setzte sich auf einen Fels bei der Koppel. „Wie ist das schön!" Sie umfaßte ihre Knie und drückte sie gegen die Brust, um sich warmzuhalten. Laura hockte neben ihr, Julia auf der anderen Seite. Jenny sog die frische, kühle Bergluft tief in ihre Lungen.

„Ich kann es gar nicht begreifen, warum ich gestern nicht aus den Federn gekommen bin", sagte sie und blickte nach Osten, wo die Umrisse der Berge langsam deutlicher wurden.

Nun verharrten die Freundinnen in völliger Stille, horchten nur auf die Laute der Nacht. Die Pferde schliefen im Stehen und gaben keinen Laut von sich. Da und dort zirpte eine Grille. Am Ufer des nahe gelegenen Baches quakte ein Ochsenfrosch. Dann plötzlich – ein leises Wiehern von der Koppel! Gleich darauf waren alle Pferde wach. Im Licht des Mondes konnten die Mädchen jetzt beobachten, wie die Pferde zu grasen begannen.

„Heute keine Hirsche", sagte Julia traurig.

„Man kann nie wissen", flüsterte Laura.

Bald darauf raschelte es im Wald. Dann – so nahe, daß sie meinten ihn berühren zu können – trat ein Hirsch hinter einer Hemlocktanne hervor. Jenny rang nach Luft, so überwältigt war sie. Der Hirsch erschrak und sprang zurück in den Wald, kehrte jedoch sofort wieder. Jetzt war er nicht mehr allein. Zwei Hirsche schritten zuerst in einigem Abstand an dem Felsen, auf dem die Mädchen saßen, vorbei. Dann sprangen sie gleichzeitig über den Koppelzaun und begannen friedlich zwischen den Pferden zu grasen. Die Mädchen rührten sich nicht und wagten kaum zu atmen. Während sie staunend die Szene beobachteten, sprangen noch drei Hirsche in die Weide. Sie beäugten die Pferde mißtrauisch, witterten aber offenbar keine Gefahr. Bald kauten sie hungrig und zufrieden, als wäre es in den Bergen die selbstverständlichste Sache von der Welt, mit Pferden zu frühstücken.

„Ist das schön!" flüsterte Laura ihren Freundinnen zu. Sie nickten. Gerade wollte Julia auch etwas sagen, da raschelte es wieder im Laub. Die Mädchen wandten sich um. Kam noch ein Hirsch? Nein, es war kein Hirsch! Es war ein Muttertier mit ihrem Kind. Das Kitz war noch so klein! Sein Kopf reichte gerade bis an den Bauch seiner Mutter. Es hatte lange, dünne Beine mit knochigen Vorderfußgelenken – wie ein Fohlen! Nun ging die Hirschkuh mit dem Kitz an den Rand der Pferdeweide und holte sich unter dem Zaum ein paar Grasbüschel hervor. Ihr Baby trank inzwischen an ihr.

Der nächste Gast war kleiner – und gar nicht willkommen. Es war ein Stinktier, das schnüffelnd durch den Wald pirschte.

„He!" rief Laura und deutete auf den schwarzweißen Störenfried. Die drei Mädchen zogen die Beine an und stellten sie auf den Fels, damit sie auf keinen Fall mit dem

Stinktier in Berührung kommen konnten. Das Stinktier aber schien sie gar nicht zu bemerken. Es näherte sich der Weide, fand aber bald heraus, daß es dort nichts für seinen Magen gab, und trollte sich, die Nase immer am Boden.

„Das war aber ein freundliches Exemplar", sagte Jenny zu ihren Freundinnen.

„Ja", stimmte ihr Julia zu. „Aber ärgern darfst du es trotzdem nicht."

„Schaut!" Laura deutete auf den östlichen Horizont. Die ersten Sonnenstrahlen beschienen jetzt die Berggipfel. Ein leichter, warmer Morgenwind strich über die Wiesen. Die Pferde hoben die Köpfe. Der große Hirschbulle richtete sich auf und sah sich um. Auch er begrüßte den Morgen. Die Hirschkuh floh, gefolgt von ihrem Kitz mit den stakeligen Beinen. Die anderen sprangen ebenfalls über den Koppelzaun hinweg in den sicheren Schutz des Waldes.

„Habe ich auch wirklich nicht geträumt? fragte Jenny, als das Wild verschwunden war.

„Nein, wirklich nicht", versicherte ihr Laura. Sie stand auf und ging an den Koppelzaun. Dabei pfiff sie leise. Alle Pferde hoben die Köpfe und schauten sie an. Allein Cobalt verließ die Gruppe und trottete zu ihr an den Zaun. Er neigte den Kopf, als wollte er ihr einen guten Morgen wünschen. Julia und Jenny standen jetzt auch am Zaun. Etliche andere Pferde kamen nun heran, doch wohl nur, weil sie Hafer vermuteten.

„Noch zu früh, Freunde“, sagte Laura. „Es gibt noch kein Frühstück! Wir müssen zuerst ... ach du liebe Zeit!“

„Was ist los?“ fragte Jenny.

„Wir müssen zurück ins Lager und uns anziehen, bevor wir im Schlafanzug gesehen werden!“

In Windeseile waren sie in ihrem Zelt. Noch rangen sie nach Luft, da vernahmen sie auch schon die Stimme von Max: „Guten Morgen! Alles aufstehen! Frühstück machen! Bitte nicht trödeln!“

Schnell hatten Jenny, Julia und Laura ihre Schlafanzüge mit Reithosen und Sweatshirts vertauscht.

„War das nicht das beste Sattelclub-Treffen, das wir bis jetzt hatten?“ rief Julia voller Begeisterung.

„Hoffentlich sind alle so schön“, stimmte Jenny zu.

„Das wünsche ich mir auch“, meinte Laura. „War das einmalig, als der große Hirsch...“

„Jenny“, bellte Max, „du holst heute Wasser für die Küche! Julia! Ich brauche noch Reisig für das Feuer! Laura! Du kümmerst dich um den Hafer für die Pferde!“

Fast hätte er ihnen die gute Stimmung verdorben – aber nur für einen Augenblick.

„Nie werde ich diesen Morgen vergessen“, gelobte Jenny ihrer Freundin Laura.

„Ich auch nicht“, versprach Julia.

7

„Ich kann es nicht glauben, daß alles schon fast wieder vorüber ist", sagte Laura ein wenig traurig.

Das helle Sonnenlicht glitzerte durch das zarte frühsommerliche Blätterdach des Waldes. Der Tag, der für die drei Freundinnen in der kühlen Morgendämmerung begonnen hatte, war jetzt hell und heiß. Es wurde sogar schon Zeit für die Mittagspause. Das letzte Wegstück vor dem Rastplatz sollten die Reiter absitzen und ihre Pferde führen, damit sie trocken wurden.

„Schön für die Pferde, aber wir kommen dafür schwitzend an", maulte Jenny. Alle lachten.

Laura seufzte. Für sie waren Pferde wie ein Geschenk, schön und rätselhaft. Ihr größter Wunsch war es, nur mit Pferden leben und arbeiten zu können. Deshalb half sie Max auch soviel im Stall. Das Gehalt ihres Vaters als Oberst der Marineinfanterie reichte leicht für Lauras Reitstunden und alles, was sie brauchte (so lange Laura nicht Ansprüche stellte wie Veronica). Sie arbeitete im Stall, weil sie gerne mit Pferden umging. Im Augenblick allerdings arbeitete sie nicht, sondern tagträumte, sie wäre mit Delilah ausgerissen und nun allein mit ihr unterwegs.

„Wißt ihr, ich möchte die kleine Blockhütte haben, an der wir heute früh vorbeigeritten sind. Daneben würde ich einen Stall für Delilah bauen, und wir könnten dort leben. Ich würde jeden Tag reiten und den Blick auf die Berge genießen. Was haltet ihr davon?"

„Ich glaube, es ist Zeit, dich wieder in die Zivilisation zurückzubringen", meinte Jenny sachlich.

„Kann schon sein", gab Laura zu, „aber es war doch ganz große Klasse hier oben, oder?"

„Sicher, aber ich hätte auf meinen gestrigen Sturz sehr gut verzichten können", gestand Julia. „Ich werde nämlich einen riesigen Bluterguß bekommen an einer Stelle, die ich nicht näher bezeichnen will!"

„Aber beim zweiten Mal bist du doch schon viel besser gefallen", tröstete sie Jenny. „Immerhin hast du dich gleich wieder aufs Pferd gesetzt!"

„Wenn du das ‚sitzen' nennen willst!" entgegnete Julia, und alle kicherten. „Aber ich bin immer noch besser dran als Adam, den eine Biene in den Arm gestochen hat."

„Auf Unfälle dieser Art muß man bei Wanderritten immer gefaßt sein", sagte Laura. „Aber..."

„Da, schau!" unterbrach sie Jenny. Laura wandte den Kopf, und es bot sich ihr ein einzigartiger Anblick. Das Bächlein, das lange schon ihren Pfad begleitet und auch mehrfach gekreuzt hatte, vereinigte sich jetzt mit einem

Bach, der direkt von den Bergen herunterkam, und ergoß sich nun über eine steile Felswand in einen kleinen natürlichen See.

„Wie schön!" rief Julia aus.

Laura stand ein paar Augenblicke wie gebannt vor dem Wasserfall, dann führte sie Delilah vorsichtig den Hang hinunter. Natürlich hatte Max die Gruppe bewußt hierhergeführt und an dem kleinen See die Mittagsrast eingeplant. Hier konnten nämlich die Pferde bequem getränkt werden und die Reiter ein kühles Bad nehmen!

In wenigen Minuten waren die Pferde an den Bäumen festgebunden und Heu und Wasser für sie herbeigeschafft.

„Okay, Freunde! Umziehen!" rief Max. „Die Mädchen im Wald links von mir, die Jungen im Wald rechts von mir! Wer wird erster, wer letzter?"

Das ließen sich die Reiter nicht zweimal sagen. Selbst Veronica konnte es kaum erwarten, ins kühle Gebirgswasser zu springen. Die Mädchen zerrten ihre Badeanzüge aus ihren Packtaschen. Reithosen und T-Shirts landeten auf Ästen und Zweigen, und schon hatten sie sich in Badenixen verwandelt. Jenny entdeckte einen kleinen Wildpfad zum See, so daß sie sogar vor den Jungen ins kühle Wasser tauchen konnten.

Staub und Schweiß von zwei Tagen zu Pferd waren schnell weggewaschen, und alle planschten ausgelassen im kristallklaren See. Auch Schürfwunden, blaue Flecken,

Muskelkater und sogar Mückenstiche waren im kühlen Wasser schnell vergessen.

„Ist das schön", schwärmte Julia, „vielleicht noch schöner als reiten..." Laura warf ihr einen strafenden Blick zu.

„... war nur Spaß", fügte sie schnell hinzu, und Laura lächelte.

Als sich endlich alle genügend erfrischt fühlten und wilde Wasserschlachten ausgetragen hatten, überfiel sie der Hunger. Sie kamen aus dem Wasser und fanden das Picknick von Max und Red hergerichtet!

Erschöpft, aber rundum zufrieden ließ sich jeder auf dem weichen, moosigen Waldboden nieder und griff zu.

„Abgesehen von der gräßlichen Spinne und dem gemeinen Bienenstich, den Adam abbekommen hat, war dies doch ein ganz lustiger Ausflug", stellte Veronica fest.

Laura sah sie erstaunt an. Veronica war doch ein Mädchen, das nur Luxus kannte. Trotzdem hatte ihr dieser Wanderritt gefallen!

„Ach, hier könnte ich immer leben!" sagte Laura, die an diesem Tag am liebsten die ganze Welt umarmt hätte, sogar Veronica.

„Immer hier leben wie der erste Mensch, nein danke!" empörte sich Veronica. „Wir haben hier schöne Tage verlebt, aber jetzt möchte ich mindestens eine Woche lang kein Pferd mehr sehen."

„Ist das dein Ernst?" fragte Laura. Veronica nickte. „Soll ich dann Cobalt diese Woche für dich bewegen?"

„Wenn dir so viel daran liegt," entgegnete Veronica hoheitsvoll.

Natürlich ärgerte es Laura, daß Veronica eine Gnade daraus machte, aber sie war so sehr darauf erpicht, Cobalt zu reiten, daß sie ihren Stolz zurückstellte.

„Gut, ich mache es", sagte sie.

Veronica lächelte gönnerhaft. Dann stand sie auf und holte aus ihren Satteltaschen die Pralinen, die ihre Mutter noch in letzter Minute gebracht hatte.

„Ich kann sie doch nicht wieder mit nach Hause schleppen", erklärte sie und ließ die süßen Köstlichkeiten die Runde machen. „Eßt sie auf!"

Es waren die feinsten italienischen Pralinen! Bestimmt sündhaft teuer, dachte Laura. Was geht in Veronica wirklich vor?, überlegte sie weiter. Sie sah auf, da trafen sie Jennys und Julias Blicke. Die drei Mädchen schauten sich an – sie wurden einfach nicht schlau aus Veronica.

Laura wollte sich diesen wunderschönen Tag nicht durch Gedanken an Veronica verderben lassen! Bald würden sie ohnehin zum letzten Ritt vor der Heimfahrt nach Pine Hollow aufbrechen. Also sprang sie noch einmal in das kühle Wasser des Bergsees.

Auf der Heimfahrt saßen die Reiter still im Kleinbus. Jeder war müde, aber nicht nur das. Laura wußte, der Ausflug war einfach perfekt gewesen. Nun hing jeder seinen Erinnerungen nach, die er auch nie und nimmer vergessen wollte. Dann, sobald der Bus in Pine Hollow einfuhr, schnatterten alle wild durcheinander.

Der ganze Hof war zugeparkt mit Autos. Davor warteten Mütter, Väter und Geschwister auf die Ausflügler. Jeder wollte gleichzeitig fragen und erzählen, während Reisetaschen und Schlafsäcke umgeladen wurden. Aber auch Mücken- und Bienenstiche wurden vorgewiesen.

„Ihr habt wirklich zwei Nächte im Wald geschlafen?" wollte Jennys jüngerer Bruder Michael wissen. Er war bei den Pfadfindern und der Meinung, daß nur Jungen, aber keine Mädchen zum Zelten gingen. Jenny sah ihn an.

„Na klar!" sagte sie und umarmte ihn. Sie hatte ihre Brüder doch ein wenig vermißt; Michael, ihren Zwillingsbruder Alex und ihren ältesten Bruder Tim. Ihre Mutter und ihr Vater hießen sie herzlich willkommen. Während sie ihre Sachen in dem Kombiwagen verstaute, sah sie mit Befriedigung, daß auch die Atwoods ihre Tochter Julia in die Arme schlossen.

Laura hatte sich schon vor der Abreise bereit erklärt, Max nach ihrer Rückkehr beim Ausladen der Pferde zu helfen. Deshalb würde ihr Vater erst später kommen.

Glücklich, müde, verschwitzt und schmutzig kletterten die jungen Reiter in die wartenden Autos und fuhren winkend und einander zurufend davon.

Als der letzte Kombiwagen den Hof verlassen hatte, konnten Max, Laura und Red damit beginnen, die Pferde auszuladen. Laura führte zuerst Delilah in ihre Box, dann holte sie Cobalt aus dem Transporter. Er folgte ihr willig über die Rampe und in den Stall. Das Klappern seiner Hufe auf dem alten Holzboden der Stallgasse war für Laura ein vertrautes, liebgewonnenes Geräusch. Wie die Reiter, so schienen sich auch die Pferde – besonders Cobalt – darüber zu freuen, wieder zu Hause zu sein. Zufrieden ging er in seine Box, drehte sich aber sofort zum Fenster und blickte, so schien es Laura, sehnsüchtig hinaus.

„Keine Bange, mein Junge“, sagte sie und strich zärtlich über seinen Hals. „Wir gehen wieder dorthin. Eines Tages fahren wir wieder in die Berge. Dann steigen wir hinauf zu den Bergwiesen und galoppieren auf den Feldwegen. Am Bergsee wirst du trinken, und ich werde baden, und dann werden wir weiterreiten ...“

Bis es allerdings wieder soweit war, würde sie ihn diese Woche in der Bahn reiten. Das war zwar nicht so toll, aber doch immerhin etwas. Laura seufzte und schob seine Boxentür zur. Gleich würde ihr Vater kommen.

8

„Da ist etwas, was ich nicht verstehe“, sagte Laura am Donnerstag nachmittag zu Max. Sie war gerade dabei, Cobalt zu satteln.

„Und das wäre?“ fragte er und glättete die Satteldecke für sie.

„Warum beklagt sich Veronica ständig, daß Cobalt so schwierig ist?“ Sie hob den Sattel leicht an, legte ihn auf Cobalts Rücken und schob ihn wieder ein klein wenig zurück. Dann griff sie nach dem Sattelgurt.

„Das weißt du doch ganz genau“, sagte Max.

Laura zuckte die Schultern. Sie wußte, daß Max ihr auf diese Weise sagen wollte, daß sie besser ritt als Veronica.

„Aber laß dir sagen“, fuhr er fort, „ich war von Anfang an dagegen, als Mr. diAngelo für Veronica einen Hengst kaufen wollte. Ein Wallach oder eine Stute hätten sich für eine junge, unerfahrenere Reiterin weit besser geeignet. Ein Hengst wie Cobalt hat viel Temperament und braucht einen überlegenen Reiter. Das ist Veronica nicht – du bist es.“

Laura wußte nicht, was sie Max darauf antworten sollte.

Er lobte seine Schüler nur selten. Die meisten, auch Laura, waren schon glücklich über ein „okay“ oder ein „schon besser“ von ihm. Mehr konnten sie nicht erwarten.

„Ich darf mich aber nicht beklagen“, gab Max zu. „Cobalt ist ein englischer Vollbluthengst reinster Züchtung. Nicht in jedem Stall steht ein so edles Pferd.“

Pferde, das wußte Laura, werden immer nach ihrer Abstammung bewertet, das heißt aus welcher Zucht ihre Eltern und deren Eltern stammen. Es ist nicht außergewöhnlich, wenn von einem Pferd wie Cobalt ein ganzes Jahrhundert zurück die Zuchtlinie bekannt ist. Und da Pferde gewisse Eigenschaften wie Temperament, Gänge und Schnelligkeit vererben können, ist es wichtig, die Familieneigenschaften der einzelnen Linien zu kennen.

„Ich weiß, daß Schnelligkeit und Springvermögen in seiner Blutlinie enthalten sind“, sagte Laura zu Max. „Darüber hinaus ist er überdurchschnittlich intelligent. Weißt du, was er gestern für mich gemacht hat? Er hat sich verneigt, ganz tief! Glaubst du es mir?“

„Ja, ich habe dir von meinem Büro aus zugesehen“, sagte Max. „Ich habe ganz schön gestaunt.“ Ein vergnügtes Lächeln spielte um seinen Mund.

„Ich weiß, du hältst davon nichts“, räumte sie ein, „aber ich freue mich darüber, weil er es mir zuliebe getan hat. Ich habe es ihm nur viermal vormachen müssen.“

„Gut, dann versuch ihm doch heute etwas Sinnvolleres beizubringen“, meinte Max.

„Gerne. Ich hatte vor, heute am Zirkel zu arbeiten und Seitengänge zu üben, und morgen, wenn es dir recht ist, würde ich ihn gerne ein wenig ausreiten.“

„Und am Samstag?“ wollte Max wissen.

„Am Samstag will ihn Veronica in der Stunde reiten. Ich werde dieses Wochenende gar nicht dasein. Dad und ich machen eine kleine Reise, das heißt, Dad muß dienstlich nach Camp Lejeune, und ich darf mit.“ Laura brachte die Steigbügel auf die für ihre langen Beine passende Länge.

„Du hast dort in North Carolina Verwandte, nicht wahr?“

„Ja, ich besuche meine Tante Elaine. Sie ist die Schwester meiner Mutter. Wir kommen erst am Dienstag wieder zurück. Dad hat mich sogar zwei Tage von der Schule befreien lassen.“

„Aber mich hat er nicht gefragt, ob ich dich von den Reitstunden befreie“, sagte Max.

Zunächst erschrak Laura. Meinte er das ernst? Als sie aber in sein sonnenverbranntes Gesicht schaute, blitzte es in seinen blauen Augen. Es war ein Spaß.

„Viel Vergnügen“, wünschte er ihr, „aber verliebe dich nicht in eins dieser North-Carolina-Pferde, verstehst du!“ neckte er sie und ahmte den Südstaatenakzent nach.

„Bestimmt nicht!“ versprach Laura lachend. „Für mich gibt es nur ein Pferd, und das steht hier!“

Laura führte Cobalt aus seiner Box und vor den Halleneingang. Sie berührte noch das Glücksbringer-Hufeisen an der Wand, dann saß sie auf. Als sie sich im Sattel aufrichtete, bemerkte sie einen besorgten Ausdruck auf dem Gesicht von Max. Als sie ihn nochmals ansah, war er jedoch wieder verschwunden.

Das Glücksbringer-Hufeisen hatte auf Pine Hollow eine lange Tradition. Jeder Reiter berührte es, bevor er sich in den Sattel schwang. So lange sich jemand erinnern konnte, hatte sich in diesem Reitstall noch niemand ernsthaft verletzt. Laura war zwar davon überzeugt, daß der wahre Grund dafür die gründliche Reitausbildung auf Pine Hollow war, die Max (und seine beiden Vorgänger) von jeher praktiziert hatten. Dennoch berührte sie immer das Eisen. Sie ritt aber auch stets sehr umsichtig.

„Komm, mein Junge", munterte Laura Cobalt auf. „auf die linke Seite, du kannst es!"

Natürlich wußte Laura, daß Cobalt sie nicht verstand, aber ihre Stimme war es wohl, die ihm Vertrauen einflößte. Sie übte Seitengänge. Normalerweise geht man mit einem Pferd geradeaus vorwärts. Erst der erfahrene Dressurreiter braucht die Seitengänge. Bei Vorführungen demonstriert er damit die Wendigkeit und den Gehorsam eines Pferdes. Vor allem aber werden Seitengänge in den höheren Dressurprüfungen verlangt.

Heute wollte Laura mit Cobalt auch noch die Vorhandwendung versuchen – und sie dabei selbst lernen. Sie verkürzte die Zügel, um noch eine bessere Verbindung zu Cobalts Maul herzustellen, dann legte sie das rechte Bein etwas zurück und preßte es leicht gegen Cobalts Seite. Er trat nach vorne an. Sie nahm die Zügel noch mehr an, damit er nicht weiter vorwärts trat, und preßte den rechten Schenkel wieder gegen seine Seite. Es funktionierte! Cobalts rechtes Hinterbein trat nach links, seine Vorderbeine traten auf der Stelle. Laura trieb mit ihrem rechten Schenkel noch so lange, bis sich das Pferd um 180 Grad gedreht hatte und in die entgegengesetzte Richtung schaute.

„Guter Junge!" lobte sie ihn und klopfte ihm den Hals ab. „Guter Junge! Ich wußte doch, daß du es kannst! Jetzt machen wir es aber noch einmal, okay?"

Cobalt streckte den Hals weit vor. Laura verstand es als Zustimmung, weil sie es so verstehen wollte. In Wirklichkeit wollte sich das Pferd strecken und dabei entspannen. Oft hatte ihr Max schon erklärt, daß Pferde die menschliche Sprache nicht verstehen, auch wenn manche Schulpferde auf Worte wie „Trab" und „Galopp" reagieren. Manchmal sieht es so aus, als wüßten die Pferde, wie spät es ist, weil sie immer genau wissen, wann es Futter gibt oder eine Reitstunde zu Ende geht. Dies bewirkt aber allein nur die Gewohnheit. Genauso war es wohl bei ihr, wenn sie in der Mathematikstunde nach 38 Minuten – oder weniger – nicht mehr stillsitzen konnte!

Trotzdem verfügte Laura außer dem Klang ihrer

Stimme noch über eine Sprache, die Cobalt verstand und auf die er sensibel reagierte. Es waren die Einwirkung ihrer Hände, ihres Sitzes und ihrer Schenkel.

Sie stellte Cobalt noch einmal gerade und vollzog die Wendung nach der anderen Seite. Cobalt führte sie wieder so tadellos aus, als hätten sie diese Lektion schon lange geübt.

Wie konnte nur Veronica so ein herrliches Pferd besitzen und nicht jede freie Minute mit ihm verbringen!

„Ich weiß, du wirst mich vermissen, Junge!" Sie beugte sich im Sattel vor und streichelte sein glänzendes schwarzes Fell. „Aber ich bleibe nicht lange weg, in ein paar Tagen bin ich wieder zurück. Dann reite ich dich wieder!"

Laura nahm Cobalt wieder auf und ging mit ihm im Schritt um die Bahn. Als sie am Büro von Max vorüberkamen, flog plötzlich das Fenster auf, und Max streckte den Kopf heraus.

„Heute seid ihr wohl gut miteinander zurechtgekommen! Aber wie oft soll ich dir noch sagen, daß er die Menschensprache nicht gelernt hat?" Ein Auge zwinkerte.

„Keine Angst, Max", gab sie zurück, „ich rede nicht in Menschensprache mit ihm, sondern in Pferdesprache!"

Max schüttelte den Kopf, zog ihn zurück und schloß das Fenster wieder. Laura ging mit Cobalt in den Trab und daraus in den versammelten Galopp. Weich und sanft wie ein Sommerwind bewegte sich Cobalt in der Bahn.

9

Lauras viertägiger Aufenthalt bei ihrer Tante Elaine war so schön, wie sie es erwartet hatte. Während ihr Vater arbeitete, plauderte und lachte Laura mit ihrer Tante Elaine, und beide spielten mit den drei kleinen Söhnen. An einem Morgen unternahmen sie sogar einen Strandritt. Es gefiel ihr, aber natürlich war das Pferd, das sie bekam, nicht zu vergleichen mit Cobalt. Es war herrlich, zwei Tage nicht zur Schule gehen zu müssen, ohne krank zu sein. Als es dann aber Zeit war, sich zu verabschieden, freute sich Laura auch wieder auf zu Hause. Zwar fiel es ihr schwer, sich von der Familie ihrer Tante zu trennen, doch als sie sich alle herzlich umarmt hatten, dachte sie schon wieder an Cobalt.

„Es hat dir also gefallen?" fragte sie ihr Vater, als sie vom Flughafen nach Hause fuhren.

„Es war wirklich schön, mit Tante Elaine zusammenzusein", sagte Laura. „Es ist immer lustig bei ihr, schon weil sie so nette Kinder hat."

„Ich weiß, du vermißt deine Mutter", begann Oberst

Hanson. „Auch ich vermisse sie. Ich habe mich bemüht, sie dir ein wenig zu ersetzen, aber …"

Die Zeit seit dem Tod ihrer Mutter im Herbst letzten Jahres war für beide sehr schwer gewesen. Laura wußte, daß sich ihr Vater große Mühe gegeben hatte, ihr gleichzeitig Vater und Mutter zu sein. Sie hatte auch immer wieder versucht, ihm zu versichern, daß er ein großartiger Vater war – mehr mußte er nicht sein.

„Mach dir keine Gedanken, Daddy. Mir gefiel es bei Tante Elaine, auch wenn sie mich manchmal sehr an Mom erinnerte. Sie sieht ihr sehr ähnlich, nicht wahr? Aber mir reicht ein Vater wie du – zumindest bis du eine wunderbare Frau triffst, die du heiraten willst", fügte sie mit einem leichten Grinsen hinzu.

„Fang du jetzt nicht auch damit an", wehrte ihr Vater ab.

„Ich weiß, Tante Elaine hat dir schwer zugesetzt, habe ich recht? Sie hat mir gesagt, daß du wieder heiraten solltest. Hat sie deshalb während unseres Aufenthalts alle ihre ‚Freundinnen' eingeladen?"

„Ich denke schon. Und ich hatte gehofft, von den ‚Heiratsvermittlern' verschont zu sein, wenn wir von zu Hause weg sind."

Laura mußte lachen. Es stimmte, fast jeder ihrer Freunde kannte eine alleinstehende Frau, die „geradezu ideal" zu ihrem Vater paßte.

„Weißt du, was Marjorie Jennings – die Tochter des

Majors – zu mir gesagt hat? Sie sagte, die Damen in der Bridge-Liga des Offiziersclubs nennen dich den ‚gutaussehenden Oberst'. Sie haben natürlich recht, du bist der gutaussehendste Mann, den ich kenne – besonders in Uniform!" neckte sie ihren Vater. Er lachte.

„Dir ist wohl noch nicht aufgefallen, daß Mrs. Jennings eine unverheiratete Schwester hat? Jedesmal, wenn ich sie sehe, erzählt sie mir, was für eine großartige Frau ihre Schwester ist und was für eine gute Mutter sie wäre. Du siehst also, Laura, sie sind nicht nur hinter mir her! Die Frau will dir eine Mutter sein. Wie stehst du dazu?"

„Bitte keine Schwester von Mrs. Jennings als Mutter", lachte Laura. „Aber Dad, im Ernst, möchtest du nicht wieder heiraten?"

„Nun, ich sage es dir ehrlich. Ich habe deine Mutter geliebt. Sie war eine Frau, wie du sie unter einer Million – nein, zwei Millionen – Frauen vielleicht einmal findest. Niemand kann sie ersetzen."

Laura schwieg. Ihr Vater war seit dem Tod ihrer Mutter oft sehr einsam. Eines Tages würde er bestimmt eine Frau finden und wieder heiraten.

„Mrs. Jennings Schwester ganz bestimmt nicht", nahm Laura das Gespräch wieder auf.

„Besonders, wenn sie aussieht wie Mrs. Jennings!"

„Das klingt aber nicht sehr charmant, Daddy!" tadelte ihn Laura. Sie lachten.

Wieder einmal wurde es Laura bewußt, daß der Verlust

ihrer Mutter für sie beide unüberwindlich war. Aber sie hatte immerhin ihren Vater, den besten, den es gab.

Als Laura eine halbe Stunde später ihren Koffer ausgepackt hatte, fühlte sie sich wieder zu Hause. Und da war es an der Zeit, Jenny und Julia anzurufen. Vielleicht konnten sie sich in der Eisdiele im Einkaufszentrum treffen? Doch gerade als sie nach dem Hörer greifen wollte, läutete das Telefon.

„Hallo?"

„Ach, Laura, du bist ja wieder zurück!" rief Jenny.

„Genau zur rechten Zeit", sagte Laura fröhlich, „ich wollte dich auch gerade anrufen. Es war schön in North Carolina. Ich muß dir und Julia unbedingt davon erzählen. Wie wär's mit einem Sattelclub-Treffen morgen nach der Schule? Wie wär's in der Eisdiele..."

„Laura, entschuldige, wenn ich dich unterbreche", sagte Jenny, „du mußt gleich herüberkommen."

„Vermißt ihr mich denn so schrecklich?" scherzte Laura. Als Jenny aber nicht antwortete, ahnte Laura, daß etwas nicht stimmte.

„Wo bist du? Was ist los?"

„Ich bin in Pine Hollow. Cobalt – komm doch bitte gleich!"

„Was ist los?" rief sie. Aber Jenny hatte bereits aufgehängt.

In wenigen Minuten saßen Laura und ihr Vater wieder

im Auto und waren unterwegs nach Pine Hollow. Laura war so in Sorge, daß sie nicht sprechen konnte. Ihr Vater drückte ihr nur die Hand und sagte: „Mach dir keine Sorgen, Liebes, du wirst sehen, es wird gar nicht so schlimm sein."

Als sie sich dem Stall näherten, hörte Laura das schreckliche Jaulen einer Notarztsirene. Ein Rettungswagen kam ihnen entgegen – mit aufgeblendeten Scheinwerfern und heulender Sirene – und bog in Richtung Krankenhaus ab. Im Hof war der Mercedes der diAngelos achtlos geparkt, die Türen standen offen.

Doch Laura sah nur den Lastwagen des Tierarztes und den Kombiwagen des Bezirkstierarztes – und wußte alles. Zwei Tierärzte mußten eine Bescheinigung unterzeichnen, bevor ein Pferd getötet werden konnte.

„Cobalt!" schrie sie auf und sprang aus dem Wagen, der noch kaum zum Stehen gekommen war. Julia und Jenny rannten ihr aus dem Stall entgegen. Julia war zuerst bei Laura. Sie legte den Arm um sie. Jenny liefen Tränen über das Gesicht.

„Es ist zu spät, Laura", sagte sie. „Er war zu schwer verletzt! Sie mußten es tun. Es wäre nie mehr zusammengewachsen. Der Unterarmknochen seines Vorderfußes war gebrochen – gesplittert. Er lag ganz still da. Dann war es vorbei."

„Und danach hat der Krankenwagen Veronica abgeholt", ergänzte Julia. „Sie wird bald wieder okay sein.

Wahrscheinlich hat sie sich den Arm gebrochen. Sie hat Glück gehabt – mehr Glück als Cobalt.“ Auch Julia kämpfte mit den Tränen, während sie sprach. Mit leerem Blick starrte Laura auf den Stall. Sie wollte hineingehen und wollte gleichzeitig weglaufen. Sie kannte dieses Gefühl; sie hatte es schon einmal gehabt. Wie erstarrt stand sie da, unfähig, sich zu bewegen. Da trat ihr Vater hinter sie und legte seine starken Arme um ihre Schultern.

„Komm nach Hause, Liebes“, sagte er. „Wir können nichts mehr tun.“

„Cobalt!“ schluchzte sie.

Langsam wandte sie sich um und ließ sich von ihrem Vater nach Hause bringen.

10

„Wir müssen Laura helfen“, erklärte Julia. „In der Schule war sie heute völlig daneben.“ Julia und Jenny waren auf dem Weg zu Lauras Haus. Erst gestern hatte sich im Stall der schreckliche Unfall ereignet, dessen Folgen für Cobalt tödlich waren.

„Laura muß selbst darüber hinwegkommen“, warnte Jenny ihre Freundin. Natürlich wollte auch sie Laura trösten. Aber gab es denn einen Trost für sie? Vorläufig wohl noch nicht.

„Aber Laura hat mich gelehrt, wie wichtig es ist, wieder aufs Pferd zu steigen, nachdem ich gestürzt war. Dies ist natürlich eine andere Situation, ich weiß, aber irgendwo läuft es doch wieder auf das gleiche Problem hinaus. Wir müssen zunächst einmal verhindern, daß Laura in Selbstmitleid zerfließt.“

„Ich glaube gar nicht, daß sie sich selbst bemitleidet. So wie ich Laura kenne, tut ihr nur Cobalt leid.“

„Gut, aber dann warte, wie sie reagiert, wenn wir ihr erzählen, was Veronica im Krankenhaus von sich gegeben hat“, sagte Julia.

„Da wird es nur noch schlimmer“, sagte Jenny kopfschüttelnd. Sie konnte diese Familie diAngelo einfach nicht verstehen.

Laura war in ihrem Zimmer, als die Freundinnen klingelten. Sie war zwar heute in der Schule gewesen, hatte aber bestimmt nicht ein einziges Wort aufgenommen. Sie war nach Hause gekommen und hatte sich sofort in ihr Zimmer zurückgezogen. Dort lag sie auf dem Bett und starrte zur Decke. Julia und Jenny klopften zaghaft.

„Dein Vater sagte, wir dürften heraufkommen“, sagte Jenny und streckte vorsichtig den Kopf ins Zimmer.

Laura seufzte. Sie wußte, ihre Freundinnen wollten ihr helfen. Sie wußte auch, daß sie der Unfall ebenfalls schwer mitnahm. Ja, vielleicht wollten sie über alles sprechen und sich so eine Last von der Seele reden. Wie gerne hätte sie auch Cobalt geholfen, aber das ging nun nicht mehr.

„Aber sicher, kommt doch herein“, sagte Laura. Die Freundinnen traten ein und setzten sich zu ihr aufs Bett. Jenny streckte ihr eine mitgebrachte Flasche Limonade hin. Laura öffnete sie, trank einen Schluck und nickte ein Dankeschön.

„Ich glaube, es ist besser, ihr sagt mir ganz genau, was passiert ist. Gestern wollte ich es noch nicht wissen, aber ich denke, heute kann ich es hören.“

„Veronica war schuld“, begann Julia und bestätigte damit Lauras Befürchtung. „Es war genau das, was Max ihr schon bei der Springübung im Zeltlager laut und deutlich gesagt hat. Wir haben es alle mitbekommen – es war eine Springstunde auf der Querfeldeinstrecke. Ich habe mit Max zugesehen. Jenny war gerade mit Comanche über ein Hindernis gegangen. Veronica kam wieder im vollen Galopp den Hang herunter und ließ Cobalt mit diesem Tempo über einen relativ hohen Zaun springen. Darüber hinaus mußte er auf abschüssigem Boden landen."

„Er war ein so gutwilliges Pferd, weißt du, Laura. Immer wollte er seinen Reiter zufriedenstellen, selbst wenn er von seinem Instinkt her wissen mußte, daß es falsch war, was ihm Veronica zumutete. Er nahm sich nicht zurück, er sprang einfach", berichtete Jenny.

„Es sah so schön aus", fuhr Julia fort. „Kein Pferd im Stall springt – sprang so elegant wie Cobalt. Aber er kam bei der Landung nicht richtig auf."

„Stimmt, ich habe es auch so gesehen", sagte Jenny. „Er flog regelrecht über den Zaum. Doch dann war wohl der Schwung zu groß. Er kam zwar mit den Vorderbeinen auf, knickte aber mit dem rechten Vorderbein ein, und zwar oberhalb des Fußwurzelgelenks. Dann stolperte er und stürzte."

„Veronica wurde über seinen Kopf hinweg aus dem Sattel geschleudert. Sie landete ungefähr einen Meter vor ihm im Gras. Dabei brach sie sich den Arm. Cobalt hatte sich das Bein gebrochen. Man konnte es deutlich sehen..."

Jenny und Julia beschrieben die Szene, die Laura sich seit Stunden ausmalte: Veronica lag schreiend am Boden, während Cobalt stumm seine Schmerzen ertrug.

In manchen Fällen können auch gebrochene Pferdeknochen wieder zusammenwachsen. Beim Unterarmbein des Pferdes jedoch ist das so gut wie unmöglich, denn während des langen Heilungsprozesses darf der Knochen nicht belastet werden – und er trägt einen großen Teil des Pferdegewichts. Ein teures Rennpferd unterzieht man vielleicht der Prozedur und hängt es mit Gurten auf. Doch selbst dabei gibt es keine Garantie, daß das Pferd jemals wieder richtig gehen und laufen kann. Obwohl Cobalt die beste Abstammung nachweisen konnte, war er eben kein wertvolles Rennpferd. Eine solche Behandlung wäre zu teuer und eben nicht unbedingt erfolgversprechend gewesen. Selbst wenn der Knochen verheilt wäre, hätten Cobalt vielleicht ständige Schmerzen geplagt.

„Wenn sie doch versucht hätten, ihn zu heilen!" jammerte Julia.

„Nein", erwiderte Laura. „Es war richtig so. Cobalts Leben hätte keinen Sinn mehr gehabt. Er war geboren, um sich mit Grazie zu bewegen und zu laufen wie der Wind nicht um zu hinken."

Jenny fand es an der Zeit, das Thema zu wechseln.

„Hör zu, wir waren soeben bei Veronica im Krankenhaus. Sie liegt in einem Einzelzimmer, und ein Heer von Schwestern schwirrt ständig um sie herum."

„Hat sie sich denn so schwer verletzt? Ich dachte, sie hat sich nur den Arm gebrochen."

„Stimmt, aber du kennst doch ihre Eltern", sagte Julia. Laura nickte. Alle kannten die diAngelos. Sie waren die reichsten Leute in der Stadt und zeigten das auch gerne.

„Man könnte glauben, sie wäre am offenen Herzen operiert worden, so viel Aufwand wird um sie getrieben – und die Blumen..."

„... wie bei einer Beerdigung", ergänzte Jenny.

„Das war es ja auch", sagte Laura. Jenny und Julia warfen sich einen vielsagenden Blick zu.

„Nun, Veronica redete fortwährend über Max, daß er kein guter Lehrer wäre und dies alles nicht passiert wäre, wenn er rechtzeitig eingegriffen hätte."

„Das ist unerhört!" empörte sich Laura. „Jeder von uns hat es gehört, wie er ihr immer und immer wieder klarmachte, daß sie ihr Pferd vor einem Sprung versammeln muß. Wie kann sie jetzt..."

„Reg dich nicht auf, es kommt noch schlimmer", sagte Jenny.

„Ihr Vater marschierte im Zimmer auf und ab und erklärte seinem Herzblatt, sie brauche sich keine Sorgen zu machen, die Versicherung würde viel für Cobalt ausbezahlen. Sobald ihr Arm geheilt sein würde, könne sie wieder ein Pferd haben. Stell dir das vor! Er meint, mit seinem Geld kann er Cobalt ersetzen!" Laura schüttelte den Kopf.

„Von den diAngelos kannst du nichts anderes erwarten", seufzte sie.

„Richtig, folglich wird er schon bald ein neues Pferd für Veronica kaufen", sagte Julia bitter.

„Aber er wird sie nicht dazu bringen, es zu reiten", meinte Laura.

„Bestimmt wird sie es reiten", widersprach Jenny, „nur, wer wird sie dazu bringen, es richtig zu reiten?"

„Wie kannst du wissen, daß sie sich überhaupt jemals wieder auf ein Pferd setzt?" fragte Laura.

„Ja, warum denn nicht?" fragte Jenny erstaunt. „Sie hat uns gesagt, sie will wieder reiten. Warum sollten wir ihr nicht glauben? Sie wird zwar nie so pferdebesessen sein, wie wir es sind, aber sie reitet gerne – aus welchem Grund auch immer. Daß Unfälle vorkommen können, das weiß auch sie."

„Und sie weiß, daß man sich einfach wieder auf ein Pferd setzen muß – das hast du mir ja auch klargemacht", fügte Julia hinzu.

„Aber ich setze mich auf kein Pferd mehr", erklärte Laura.

Jenny und Julia verschlug es die Sprache. Hatten sie richtig gehört?

„Was hast du gesagt?" fragten sie einstimmig.

„Ich sagte: ‚Ich setze mich auf kein Pferd mehr.'"

Julia und Jenny starrten sie entgeistert an. War das möglich? Laura war die beste Reiterin in der Gruppe.

Reiten bedeutete ihr alles. Sie war es, die später einmal einen eigenen Stall führen wollte. Sie wollte unterrichten und Pferde züchten und ausbilden. Bestimmt würde sie es sich noch überlegen. Jenny war zuversichtlich.

„Oh, so denkst du jetzt. Bald siehst du es schon wieder anders. Dann wirst du auch wieder reiten. Du kannst doch gar nicht anders."

„Ich verlange nicht, daß ihr mich versteht", sagte Laura. „Aber Cobalt war für mich mehr als nur ein gutes Reitpferd. Kein anderes Pferd kann ihn mir ersetzen. Es ist schwer zu beschreiben, aber als ich gestern vor dem Stall stand, war ich erschüttert so wie damals, als meine Mutter starb. Ich möchte das nicht noch einmal erleben. Deshalb mache ich Schluß."

„Laura..." sagte Julia sorgenvoll.

„Julia, wir dürfen unseren Bus nicht versäumen", unterbrach sie Jenny.

Julia wollte ihre Freundin daran erinnern, daß ihre Mutter sie in einer Stunde vor Lauras Haus abholen würde, aber Jennys beschwörender Blick ließ sie verstummen.

„Ist es schon Zeit?" sagte sie geistesgegenwärtig.

„Ja", nickte Jenny. „Dürfen wir dich allein lassen, Laura? Wir sehen uns dann morgen in der Schule."

Laura nickte. Julia und Jenny verließen leise das Zimmer und gingen schnell nach unten. Mr. Hanson war in der Küche und machte das Abendessen.

„Schlimm, nicht wahr?" fragte er die Mädchen.

„Ja", gab Jenny zu. „Sie sagt, sie wird nie mehr reiten."

„Wenn sie sich so entschieden hat, können wir sie nicht beeinflussen", sagte Lauras Vater.

„Aber das ist doch keine überlegte Entscheidung!" protestierte Julia. „Das ist doch nur eine Schockreaktion. Pferde bedeuten ihr doch alles."

„Zumindest *ein* Pferd hat ihr sehr viel bedeutet", verbesserte sie Jenny.

„Wir können nur abwarten", sagte Lauras Vater.

Damit mußten sich Jenny und Julia vorläufig zufriedengeben.

„Ich verstehe Laura einfach nicht", sagte Julia, als sie an der nächsten Straßenecke auf Mrs. Atwood warteten.

„Ich eigentlich auch nicht, wenngleich das der bekannte Schock nach einem Unfall sein kann. Sie schafft es vielleicht deshalb nicht, sich wieder aufs Pferd zu setzen, weil ‚ihr' Pferd eben nicht mehr da ist. Ich bin mir aber sicher, daß augenblicklich kein gutes Zureden und kein noch so vernünftiges Argument etwas bezwecken. Sie muß selbst darüber hinwegkommen. Aber hör zu: Sind wir Pferdenarren oder nicht?" fragte Jenny.

„Natürlich sind wir das", stimmte ihr Julia zu.

„Also. Dann können wir nichts anderes tun als weiterreiten und für sie da sein, wenn Laura wieder kommen sollte. Sie ist immerhin der größte Pferdenarr von uns dreien, auch wenn sie jetzt verrückt spielt. Am Samstag kommst du doch in die Stunde?"

„Natürlich", sagte Julia.

„Gut, dann reiten wir, und hinterher wartet eine Arbeit auf uns, die angepackt werden muß."

„Welche Arbeit?"

„Erinnerst du dich, daß wir doch Nachforschungen über Max I. anstellen wollten?"

„Ach ja, richtig! Wir wollten doch herausfinden, ob er wirklich die Russische Revolution mitgemacht hat."

„Ich glaube, wir wissen, daß er das nicht hat. Aber woher kam er dann? Du hast doch vorgeschlagen, einmal in der Bibliothek nachzulesen."

„Richtig! Wir können die alten Ausgaben der Zeitung von Willow Creek lesen. Das wird auf jeden Fall ein Spaß."

Julia mußte Jenny recht geben. Sie mußten wenigstens weiterreiten und den Sattelclub am Leben erhalten. Nur, wie lange würde das möglich sein – mit nur zwei Mitgliedern?

11

„Du lernst wirklich schnell, Julia!“ lobte Jenny ihre Freundin am Samstag nach der Stunde. „Du sitzt tiefer im Sattel, und dein Kontakt zum Pferd ist besser!“

„Ich kann es gar nicht glauben, daß ich bis vor kurzem über Pferde nur wußte, was vorne und hinten ist. Ich nehme doch erst ein paar Wochen regelmäßig Reitunterricht?“

„Du mußt jetzt nur so weitermachen! Wenn die Sommerferien beginnen, können wir fast jeden Tag reiten, dann bist du bis zum Schulbeginn der Champion!“

„Du willst sagen, dann reite ich vielleicht so gut wie du“, konterte Julia.

Jenny, die sehr stolz auf ihr hart erarbeitetes reiterliches Können war, warf Julia einen raschen Seitenblick zu. Sie bemerkte ihr schelmisches Lächeln und wußte, wie es gemeint war. Die beiden Mädchen waren vom Reitstall aus auf dem Weg in die Stadt. Jede hatte Block, Bleistift und Bibliotheksausweis mitgenommen.

Die Sonne schien vom wolkenlosen Himmel. Es war ein heißer Frühsommertag, der einen noch heißeren Sommer ankündigte.

Lieber hätten die Mädchen den Nachmittag am oder besser noch im Schwimmbecken verbracht – und nicht in der Bücherei. Aber Julia und Jenny hatten sich etwas vorgenommen: Solange sie sich intensiv um die Belange des Sattelclubs kümmerten – und wenn es nur darum ging, herauszufinden, wer Max I. wirklich war, – ließen sich die Gedanken an Cobalt und an Laura, die sie in den Reitstunden sehr vermißten, etwas vertreiben.

„Entschuldigen Sie", sagte Julia höflich zu der Dame am Informationspult, „wir möchten geschichtliche Nachforschungen anstellen."

„Sektion 900, die Regale hier links", antwortete die Dame kurz und knapp.

„Vor allem interessiert uns amerikanische Geschichte."

„Sektion 970, die ersten acht Regale." Die Bibliothekarin ratterte die Auskünfte herunter, ohne den Blick zu heben.

„Und ganz besonders Virginia..." fuhr Julia beharrlich fort.

„Sektion 973, die Regale fünf und sechs."

„Eigentlich nur Willow Creek, Anfang dieses Jahrhunderts."

„Sektion – Willow Creek." Zum ersten Mal sah jetzt die Bibliothekarin Julia und Jenny an.

„Ich fürchte, über Willow Creek gibt es kein Buch." Plötzlich interessierte sich die Dame für das Anliegen der

Mädchen. Sie stand auf und führte Jenny und Julia an die Kartei. Es gab tatsächlich weder ein Buch noch eine Chronik über ihre kleine Stadt.

„Haben Sie vielleicht alte Zeitungen?“ fragte Julia. Jenny war froh, die kluge Julia bei sich zu haben.

„Ja, stimmt!“ rief die Bibliothekarin aus. „Dank der Rührigkeit des Herausgebers der Zeitung von Willow Creek besitzen wir fünf komplette Sätze jeder Ausgabe seit dem Erscheinen. Ihr könnt sie durchsehen, aber seid vorsichtig; das Papier ist teilweise sehr alt und brüchig.“

Sie führte Jenny und Julia in ein kleines Zimmer neben dem Lesesaal. Sie drehte das Licht an und holte die großen alten Bücher hervor, in denen über 100 Jahre alte Neuigkeiten standen.

„Da gibt es doch eine Spalte mit ‚Neues aus Mrs. Rappaports Gartenlaube‘“, stellte Jenny nach einigem Blättern in einem vergilbten Band fest. Julia griff nach einem anderen Band.

„Eigentlich wissen wir ja gar nicht, wann wir zu suchen anfangen sollen und nach welchem Ereignis. Ich fange hier jetzt einmal mit dem Jahr 1920 an, und du arbeitest dich ab 1905 durch Mrs. Rappaports Klatschseite. Irgendwo dazwischen müßte unser Held ja auftauchen.“

Jenny nickte und legte ihren Notizblock neben sich, damit sie jeden Hinweis auf Max I. sofort festhalten konnte. Zwei Stunden später wußte sie zwar viel über eine neue Kanalisation, die von der Stadt verlegt worden war, und noch viel mehr über die Persönlichkeiten auf Mrs. Rappaports Gästeliste – aber sie wußte leider nichts über Maximilian Regnery I.

„Ich stoße immer wieder auf die gleiche Anzeige für Reitstunden im Stall von Pine Hollow. Das muß schon unser Stall gewesen sein, wenngleich kein Name und keine Adresse genannt sind. Eines kann ich allerdings daraus ersehen: Die Reitstunden waren damals sehr viel billiger als heute!"

Jenny warf einen Blick auf die Anzeige. Sie zeigte eine altmodische Abbildung einer Reiterin, die im Damensattel auf einem sehr schönen Pferd saß. Die Mädchen amüsierten sich darüber, aber es brachte sie nicht weiter.

„Paß auf, in den Zeitungen von 1905 gibt es noch keine Anzeigen von Pine Hollow. Es kann natürlich sein, daß damals niemand Reitstunden zu nehmen brauchte, denn jeder Bürger besaß selbst Pferde ... Und jeder hatte damals seinen eigenen Stall, so wie wir heute eine Garage haben. Dafür fand ich mehrere Anzeigen von Hufschmieden. Wir kommen der Sache schon näher. Irgendwo zwischen diesen vergilbten Seiten steckt unser Max", sagte Julia.

„Da stimme ich dir zu", meinte Jenny, „aber für heute habe ich genug von meiner alten Klatschtante."

„Ich auch", pflichtete ihr Julia bei und schob ihren Band in das Regal zurück. Sie räumten auch die übrigen Bände weg, löschten das Licht in dem kleinen Leseraum und bedankten sich bei der freundlichen Bibliothekarin.

„Wir kommen wieder!“ versprach Julia im Hinausgehen.

„Ihr seid jederzeit willkommen!“ sagte die Dame.

Julia hätte schwören können, daß die eifrige Bibliothekarin unverzüglich den Herausgeber der Zeitung anrufen würde, um ihm zu berichten, daß erstmals jemand die alten Ausgaben seiner Zeitung studiert hatte.

„Weißt du, wenn wir hier nicht fündig werden, gibt es noch eine andere Quelle“, sagte Julia, als sie auf der Straße standen.

„Ja, natürlich, wir können die Dame mit der Kristallkugel befragen, wenn sie im August auf den Jahrmarkt kommt“, meinte Jenny.

„Kristallkugeln schauen aber in die Zukunft, nicht in die Vergangenheit“, sagte Julia. „Nein, was ich meine, wäre doch in erster Linie Mrs. Reg. Immerhin war der Mann, den wir suchen, doch ihr Schwiegervater. Wenn sie will, kann sie bestimmt ein paar Geschichten über ihn erzählen.“

„He, das ist die Idee!“ strahlte Jenny. „Daß ich nie auf die alte Dame gekommen bin! Wir könnten am Dienstag etwas früher in den Stall gehen und versuchen, ob sie uns ein paar Hinweise gibt!“

„Abgemacht“, sagte Julia.

„Was treibt ihr beide denn schon hier?“ fragte Mrs. Reg, als sie Jenny und Julia Dienstag nachmittag in der Sattelkammer antraf.

Julia wurde verlegen und war froh, daß Jenny gleich eine Antwort parat hatte.

„Oh, wir dachten, wir könnten wieder einmal die Sättel und Reithalfter abseifen", sagte sie.

Mrs. Reg musterte die Mädchen mißtrauisch, obwohl sie immer recht fleißig im Stall halfen. Alle Reitschüler mußten in Pine Hollow im Stall mitarbeiten und auch ihre Pferde vor und nach den Reitstunden versorgen. Aber eigentlich war es immer Laura, die das Sattelzeug pflegte. Für Julia gab es keinen Zweifel: Mrs. Reg hatte sie schon durchschaut. Aber sie stand auf und ging an den Schrank, wo das Putzzeug verstaut war.

„Hier ist, was ihr braucht", sagte sie und gab jeder eine Büchse Sattelseife, Schwamm und Tuch. „Die Reithalfter hier an dieser Wand müßten dringend gereinigt werden." Und schon viel freundlicher fügte sie hinzu: „Ich bin froh, daß ihr gekommen seid. Trotzdem geht mir Laura ab. Sie ist unbestritten die beste Sattelpflegerin."

„Sie ist auch noch in anderen Dingen die Beste", sagte Julia.

„Wir vermissen sie auch. Deshalb wollten wir Ihnen heute helfen", stimmte ihr Jenny zu. Die Mädchen nahmen ihr Putzzeug, und jede holte sich ein Reithalfter vom Haken. Es waren wirklich viele – eine endlose Arbeit.

„Sagen Sie, Mrs. Reg", begann Jenny wie zufällig, während sie einen Kehlriemen abseifte.

„Hmm?" antwortete Mrs. Reg.

„Dieser Maximilian I., was war das für ein Bursche?"

„Wer?" fragte Mrs. Reg.

„Sie wissen doch, der Großvater von Max, der Gründer dieses Reitstalls. Er war doch Ihr Schwiegervater, wenn ich mich nicht täusche."

„Ja, richtig", stimmte Mrs. Reg zu.

Jenny packte die Sache schlau an. Sie stellte Mrs. Reg eine Fangfrage und hoffte, sie würde darauf über den alten Herrn zu erzählen beginnen. Julia hielt den Atem an. Würde es klappen?

„Mich interessiert schon lange, wann er diesen Stall gegründet hat." Jenny sprach nicht weiter, Mrs. Reg sollte es tun.

„Hmm", war die einsilbige Antwort.

„Es ist wohl schon sehr lange her?" bohrte Jenny.

„O ja", war alles, was Mrs. Reg sagte. Sie sortierte die Papiere auf ihrem Schreibtisch. „Das heißt, wenn man zwölf Jahre alt ist, meint man, es ist sehr lange her."

Julia war wie vor den Kopf gestoßen, aber Jenny gab nicht auf: „Aber Sie haben das doch miterlebt?"

„Ja, aber mehr oder weniger am Rande", sagte Mrs. Reg zögernd. Das Gespräch wollte nicht in Fluß kommen.

„Was war er für ein Mann?" wagte Jenny zu fragen. Julia erkannte Jennys neuen Schlachtplan. Sie mußte die Sache direkt angehen. Sich mit indirekten Fragen vorsichtig heranzupirschen, war fehlgeschlagen.

„Ihr Schwiegervater, meine ich."

„Ach, er war ein guter Reiter", war Mrs. Regs Auskunft.

„Wo hat er reiten gelernt?" Jenny ließ nicht locker.

„Ach, reiten lernte damals fast jeder schon als Kind", sagte Mrs. Reg.

Mehr war einfach nicht zu erfahren. Als Julia und Jenny von ihrer Arbeit aufsahen, bemerkten sie ein schalkhaftes Lächeln auf dem Gesicht der alten Dame. Sie waren nicht die ersten Reitschülerinnen, die mehr über den Gründer des Stalls wissen wollten. Sie waren aber auch nicht die ersten, die nichts von ihr erfuhren.

„Die haben sich verschworen!" flüsterte Jenny Julia zu. „Sie wollen uns nichts erzählen. Der alte Mann hat wahrscheinlich einmal eine Bank ausgeraubt – oder Pferde gestohlen! Aber wir gehen der Sache auf den Grund!"

Julia teilte inzwischen Jennys Ansicht, daß mit der Geheimnistuerei irgend etwas vertuscht werden sollte. Aber was? Sie mußten es herausfinden! Vorläufig aber saßen sie fest. Dafür durften sie Reithalfter abseifen!

„Habt ihr eigentlich einmal mit Laura gesprochen?" durchbrach Mrs. Reg die eingetretene Stille.

„Ja, wir haben sie am Samstag zu Hause besucht. Sie wird nie mehr reiten, hat sie gesagt", antwortete Julia.

„Das hat mir mein Sohn auch schon erzählt", sagte Mrs. Reg. „Sie hing sehr an diesem Pferd, nicht wahr?" Jenny nickte.

„Er war eine Pferdeschönheit", schwärmte Jenny und

sah den großen schwarzen Hengst vor sich, wie er mit Laura im Sattel in perfekter Manier ein Hindernis überwand. Es schnürte ihr die Kehle zu. Sie biß die Lippen aufeinander. Nur jetzt nicht heulen! Sie rubbelte den Zügelriemen noch fester ab, um nicht an Cobalt denken zu müssen.

„Für Laura wird es wohl kein Pferd mehr geben, das ihr Cobalt ersetzen könnte", hörte sie Julia zu Mrs. Regnery sagen. „Und weil sie das weiß, will sie überhaupt nicht mehr reiten. Ich kann das verstehen."

„Das ist Unsinn!" sagte Mrs. Reg so energisch, daß die beiden Mädchen erschraken.

„Laura meint es ernst!" verteidigte Jenny die Freundin.

„Das glaube ich schon, aber sie macht trotzdem einen großen Fehler", erklärte Mrs. Reg. „Eines Tages wird sie es auch einsehen."

„Bestimmt nicht!" widersprach ihr Julia. „Ihr Entschluß scheint felsenfest zu sein."

„Ich könnte dir eine ganze Liste von hervorragenden Reitern aufzählen, die eines Tages beschlossen hatten, nie mehr zu reiten. Und ich sage euch, Laura kommt auch wieder zurück, verlaßt euch darauf!"

„Glauben Sie das wirklich?" fragte Jenny.

„Natürlich", sagte Mrs. Reg. „Es ist nur schade um die Zeit, die sie jetzt vergeudet. Aber ich habe da eine Idee."

Jenny und Julia hörten gespannt zu, was Mrs. Reg eingefallen war, und waren begeistert. Und wenn es nicht klappte, hatten sie es wenigstens versucht.

12

„Hallo, Laura, ich bin's", rief Jenny am Mittwoch abend fröhlich ins Telefon. „Wie geht's dir?" Jenny und Laura besuchten verschiedene Schulen und sahen sich eigentlich nur in den Reitstunden. Da Laura jetzt nicht mehr ritt, trafen sie sich gar nicht mehr.

„Ganz okay", antwortete Laura matt. Na, das klingt alles andere als okay, dachte Jenny.

„Du hast uns diese Woche sehr gefehlt in den Reitstunden", leitete Jenny das Thema ein. „Und die Stunden waren gut. Max übte die verschiedenen Schrittarten mit uns. Julia macht gute Fortschritte. Möglicherweise läßt Max sie schon ab Herbst mitspringen. Er hat sogar gesagt, Julia sei ein absolutes Naturtalent, wie er es noch nie angetroffen habe – außer dir natürlich."

„Julia kann die Ehre ruhig für sich allein in Anspruch nehmen", sagte Laura gelassen. Jenny war enttäuscht. Sie hatte versuchen wollen, Laura zur Rückkehr nach Pine Hollow zu bewegen, aber das war fehlgeschlagen. Also mußte sie es mit Mrs. Regs Plan versuchen: „Mrs. Reg wollte dich schon anrufen."

„Hoffentlich will sie nicht auch versuchen, mich wieder nach Pine Hollow zurückzuholen", war die Antwort.

„Nein, nein. Sie sagt, sie kann dich verstehen. Nur, sie meint, du hättest ihr versprochen, irgend etwas – vom Wanderritt, glaube ich – aufzuräumen." Jenny stockte und hoffte, Laura würde sich wieder erinnern.

„Ach ja, alle Extras, die wir als Ersatzteile mitgenommen haben!" sagte Laura. „Es wurde einfach alles in einen Sack gestopft. Stimmt, ich habe ihr versprochen, alles wieder zu sortieren und an seinen Platz zu räumen – aber kann sie das denn nicht selbst?"

Nun durfte Jenny keinen Fehler machen. Natürlich konnte das Mrs. Reg auch alleine erledigen, aber das durfte Laura nicht wissen. „Gewiß kann sie das. Darum geht es nicht. Sie hätte es auch schon längst getan, wenn sie nicht solche Schmerzen hätte."

„Schmerzen?" fragte Laura besorgt.

„Sie sagt, bei diesem feucht-schwülen Wetter plagt sie ihre Arthritis sehr. Es wird erst wieder bessser, wenn es etwas abkühlt." Gut gemacht, beglückwünschte sich Jenny. Jeder wußte, daß es den ganzen Sommer nicht abkühlen würde!

„Oh", sagte Laura, und Jenny verhielt sich still. Sie wollte Laura Zeit geben, die Information zu verdauen. Mrs. Reg hatte Laura richtig eingeschätzt. Sie war sehr hilfsbereit und hielt immer ihre Versprechen. Jetzt aber brauchte Laura selbst Hilfe.

Am Samstag nachmittag kam Laura mit sehr gemischten Gefühlen nach Pine Hollow. Im Overall, leichtem Hemd und Turnschuhen paßte sie gar nicht hierher. Bisher war sie auf Pine Hollow immer in Reitkleidung erschienen, denn sie war ja immer in erster Linie zum Reiten auf die Anlage gekommen. Heute kam sie erstmals nur, um Sattelzeug auszusortieren. Dazu brauchte sie weder Reithosen noch Reitstiefel. Abgesehen davon würde sie diese Sachen ohnehin nie mehr brauchen.

Sie wartete, bis das letzte Mädchen aus ihrer Gruppe das Gebäude verlassen hatte. Max war mit ein paar Erwachsenen beschäftigt, die nach der Jugendstunde noch eine Springstunde nehmen wollten. Mrs. Reg war wie üblich in ihrem Büro neben der Sattelkammer. In ein paar Minuten wollte Laura zu ihr gehen. Sie benützte dazu den hinteren Stalleingang.

Es waren nicht einmal zwei Wochen seit Cobalts Tod vergangen, aber Laura schien es, als wären es zwei Monate. Als sie jetzt den Stall betrat, überwältigten sie die Erinnerungen. Der Geruch von Heu und Pferden war ihr so vertraut! Ihr wurde warm ums Herz, aber sie wehrte sich dagegen. Sie atmete tief ein und blieb stehen, bis sich ihre Augen an das gedämpfte Licht im Stall gewöhnt hatten.

Patch streckte den Kopf aus seiner Box. Automatisch strich Laura über seine sanfte Nase. Er schnupperte sie ab, aber sie hatte keinen Leckerbissen mitgebracht. Wie zur

Entschuldigung streichelte sie seinen Kopf. Nebenan reckte Pepper den Kopf nach ihr. Er wollte auch gestreichelt werden. Laura lächelte. Sie kraulte ihm die Stirn und klopfte seinen kräftigen Hals ab.

Pepper war ein großes Pferd, fast so groß wie Cobalt. Aber er hatte nicht Cobalts Ausstrahlung, sein Fell war nicht so tiefschwarz, er hatte weder einen so weichen Trab noch so einen wundervoll schwingenden Galopp wie Cobalt. Er hatte auch nicht – Laura bremste ihre Gedanken. Sie konnten Cobalt nicht wieder lebendig machen. Cobalts Stall war genau gegenüber Peppers Box. Laura wollte nicht hineinsehen. Schnell wandte sie sich um und flüchtete in die Sattelkammer.

„Hallo, Mrs. Reg", rief sie. „Ich habe nicht vergessen, daß ich das ‚Ersatzteillager' vom Wanderritt auspacken und einsortieren wollte. Hier bin ich also."

„Das ist großartig, Laura. Der Sack liegt hier in der Ecke. Ich habe ihn noch nicht einmal aufgebunden. Vielen Dank, daß du gekommen bist."

Laura nahm den Sack und leerte den Inhalt auf den Boden. Als sie sah, was sie mitgenommen hatten, mußte sie lachen. Einige Dutzend Steigbügelriemen! Sie hatte wohl jedesmal, wenn jemand sie danach gefragt hatte, ein Paar hineingepackt. Und keinen einzigen hatten sie benötigt!

Sie begann alles zu sortieren, Steigbügel, Zügel, Sattelgurte und Ersatzriemen aller Art. Eines war ihr klar:

Hätten sie keine Riemen dabeigehabt, wären sie serienweise gerissen.

„Gib acht und halte diese Ecke frei", warnte sie Mrs. Reg.

„Warum das?" fragte Laura.

„Unsere Katze hat letzte Woche ihre Jungen zur Welt gebracht. Wir haben sie in eine Schachtel gebettet, und nun wohnen sie in dieser Ecke", erzählte Mrs. Reg.

„Darf ich sie sehen?" fragte Laura.

„Gerne, aber sei vorsichtig. Sie krabbeln schon und versuchen aus der Schachtel herauszuklettern. Jedesmal, wenn jemand sich hier aufhält, habe ich Angst, sie könnten getreten werden."

„Ich passe auf", versprach Laura. Ganz vorsichtig spähte sie in die Schachtel. Dort lagen, friedlich schlafend, sechs kleine, flauschige Kätzchen. Sie lagen so an- und übereinander, daß man gar nicht feststellen konnte, wo das eine begann und das andere aufhörte. Die Katzenmutter wachte aufmerksam über sie.

„Oh, Mrs. Reg, das sind die schönsten Kätzchen, die wir je hatten!"

„Die Hauptsache ist, sie werden gute Mäusefänger", erwiderte Mrs. Reg, die immer einen Sinn fürs Praktische hatte.

Pine Hollow hatte, wie fast alle Ställe, gelegentlich Ärger mit Mäusen, denen der Hafer wohl genausogut schmeckte wie den Pferden. Und seit Jahrhunderten wußten die Bauern, daß eine hungrige Katze in der Scheune der wirksamste Mäusefeind ist. Auf Pine Hollow gab es daher immer vier bis fünf Katzen und in der Regel vier oder fünf Kätzchen. Nur dieses Jahr würden es sechs sein.

„Wie heißen sie denn, Mrs. Reg?“ Auf Pine Hollow war es nämlich der Brauch, jede Katze nach einem erfolgreichen Pferd zu nennen. Die Katzenmutter Eclipse zum Beispiel trug den Namen einer berühmten englischen Vollblutstute.

Der Nachteil bei dieser Art von Namengebung für Katzen war allerdings, daß die meisten berühmten Pferde Hengste waren. Bei dem Namen Copperbottom, nach einem berühmten Quarter-Pferd, war es nicht weiter schlimm. Aber der letzte Wurf junger Katzen war von Sir Archie geboren worden!

„Ich habe mich noch für keinen Namen entschieden“, sagte Mrs. Red. „Vielleicht sollten wir erst einmal die Namen unserer Standardzüchtungen nehmen. Da wären: Messenger, Hambletown, Dutchman, Yankee, Dan Patch.“

„Ja“, stimmte Laura zu, „das sind schöne Namen. Für das kleine schwarzweiße Kätzchen paßt Dan Patch – oder ist es ein schwarzes und ein weißes? Ich kann es noch nicht feststellen.“ Laura spähte angestrengt auf das gefleckte Bündel.Da beantwortete sich die Frage von selbst. Eine der schwarzweißen Hälften erwachte und erhob sich. Sie war ganz schwarz, und ihre Augen waren noch geschlossen. Das Kätzchen war so klein, daß es auf Lauras Handfläche Platz gehabt hätte. Es streckte sich und krabbelte unbeholfen über seine Geschwister hinweg in Richtung Schachtelkante. Dort angelangt, stellte es sich auf seine Hinterbeinchen und verkrallte sich mit den Vorderbeinen in die Schachtelkante. So versuchte es sich hochzuziehen, um schließlich über den Rand klettern zu können. Dabei mühte es sich mächtig ab.

„Dieses Schwarze versucht abzuhauen", sagte Laura und setzte es sanft wieder zu seinen schlafenden Geschwistern.

„Das probiert der kleine Kerl praktisch vom Tag seiner Geburt an. Er ist schlauer, stärker und eigensinniger als die anderen. Er ist der erste, der an der Mutter trinkt, und er machte sich auch als erster auf den Weg. Man muß ständig auf ihn aufpassen, weil er überall die Nase vorne hat. Du darfst ihm einen Namen geben, wenn du willst", bot ihr Mrs. Reg an.

Laura sah sich das Kätzchen genauer an. Seine blauen Augen blickten jetzt neugierig in die kleine Welt um ihn. Da fiel ein Sonnenstrahl auf sein schwarzes Fell, und es glänzte blauschwarz. Laura kannte diese Farbe. Sie wußte, welchen Namen sie diesem Kätzchen geben wollte. Aber sie vermochte ihn noch nicht auszusprechen.

„Ich möchte noch darüber nachdenken," sagte sie zu Mrs. Reg. Laura wandte sich wieder dem Lederzeug zu.

„Weißt du, ich habe in diesen Tagen an ein Pferd denken müssen, das ich einmal geritten habe", begann Mrs. Reg. Mrs. Reg war fast ihr ganzes Leben lang geritten – bis es ihre Arthritis nicht mehr zuließ. Sie kannte Pferde, aber auch Züchter, Pferdehändler, Reiter, einfach jeden, der mit Pferden zu tun hatte. Sie konnte herrliche Geschichten erzählen, denen Laura immer gerne lauschte. Nun ging ihr die Arbeit schnell von der Hand, während sie Mrs. Reg aufmerksam zuhörte.

„Sie war eine ganz feine Stute, ein amerikanisches ‚Saddle Horse' mit wunderbaren Schaugängen. Sie hieß Lady Day. Bei jedem Schritt hob sie ihre Beine an, so daß es aussah, als schreite sie über Glas. Sie gehörte einem Grundstücksmakler in der Stadt. Er leistete sich den Luxus, seine Interessenten in einem leichten Wagen, der von Lady Day gezogen wurde, zu den Anwesen oder Grundstücken zu kutschieren. Auf diese Weise verkaufte er bestimmt viele Häuser, die er sonst vielleicht nicht an den Mann gebracht hätte. War die Nachfrage auf dem Immobilienmarkt schlecht, stand das Pferd bei uns. Max ließ Lady Day täglich auf die Koppel, aber das genügte ihr nicht. Sie wollte sich zeigen und gesehen werden. Also ritt ich sie – natürlich mit Mr. Marshs Erlaubnis. Es war ein Traum, die Stute zu reiten. Sie jagte über die Felder, schön und stolz wie eine Windsbraut. Wenn ich auf ihr saß, fühlte ich mich über alles erhaben. Du kannst dir vorstellen, wie traurig ich war, wenn es Frühling wurde und

Mr. Marshs Geschäft wieder in Gang kam. Er brauchte sie jeden Tag, und ich konnte sie nicht mehr reiten. Aber im Winter kam sie wieder, denn in der Kälte konnte Mr. Marsh keine Interessenten im offenen Wagen zu den Anwesen fahren. So wurden wir eben ‚Schlechtwetter-Freunde'."

Mrs. Reg sprach nicht mehr weiter, und Laura wartete gespannt auf die Fortsetzung. Als Mrs. Reg stumm blieb, drängte sie Laura: „Was ist mit der Stute passiert?"

„Ach, eines Tages hat Mr. Marsh sie verkauft. Er sagte mir, sie wäre gestolpert, und mit einer lahmenden Stute könne er seine Kunden nicht ausfahren."

„Hat das gestimmt?"

„Nein, ich glaube nicht. Ich denke, sein Geschäft ist nicht mehr so gutgegangen, und er hat Geld gebraucht."

„Hat es ihnen sehr leid getan, als Lady Day abgeholt wurde?" fragte Laura.

„Mir? Nein, eigentlich nicht. Aber sie war ein herrliches Pferd! Ich werde sie nie vergessen."

„Sie haben mir aber noch nie von ihr erzählt. War sie Ihr Lieblingspferd?" wollte Laura wissen.

„Lieblingspferd?" überlegte Mrs. Reg, als müßte sie über die Bedeutung dieses Wortes nachdenken. „Ich glaube nicht, obwohl ich mir ihretwegen ein eigenes Saddle Horse wünschte. Ich habe meinem Mann so lange in den Ohren gelegen, bis er mir eines kaufte. Dieses Pferd hieß Jefferson. Das liebste Pferd, das du dir vorstellen kannst. Morgens wartete er schon auf mich. Mein Mann sagte immer, ich sei verrückt, aber ich behaupte bis auf den heutigen Tag, daß er lächelte, wenn er mich sah. Selbst beim Schmied war er lammfromm. Er reagierte sofort auf jedes Kommando. Ich glaube, ich habe dieses Pferd nicht ein einziges Mal mit der Peitsche auch nur berühren müssen."

„Dann war er doch gewiß traumhaft zu reiten", sagte Laura.

„Eigentlich nicht", entgegnete Mrs. Reg. „Er war so darauf bedacht, alles recht zu machen, daß er keinen eigenen Willen und kein Feuer mehr in sich hatte. Aber er war nichts gegen Foxfire."

„Wer war Foxfire?" fragte Laura.

„Foxfire war eine Stute. Sie war ein schönes Pferd, gut zu reiten, auch für Kinder und Jugendliche – und sie sprang gut. Dann ließen wir sie decken. Wir wollten sehen, ob sie ihr ausgewogenes Temperament vererben würde."

„Und tat sie es?"

„Schwer zu sagen", sagte Mrs. Reg, „denn sobald ihr Fohlen geboren war – es war ein hübsches braunes Fohlen mit einem weißen Stern auf der Stirn –, veränderte sich Foxfire völlig. Sie bewachte ihr Fohlen so eifersüchtig, daß sie niemanden auch nur in seine Nähe ließ. Eine echte Furie war aus ihr geworden."

„Was haben Sie gemacht?" fragte Laura.

„Wir haben sie verkauft, alle beide. Irgendein Züchter behauptete, er könnte sie wieder gefügig machen. Er lud sie beide in seinen Transporter, und wir haben nie mehr etwas von ihnen gehört."

Laura schmunzelte. Mrs. Regs Geschichten endeten immer unerwartet nüchtern. Die Leute, die sonst Pferdegeschichten zum besten gaben, erzählten gewöhnlich von einem schwächlichen, unscheinbaren Fohlen, das später bei der National Horse Show laufend Blaue Bänder gewann. Die Wirklichkeit, das wußte Laura inzwischen, war eben nicht so. Mrs. Reg erzählte Pferdegeschichten aus dem Alltag. Und sie gab zu, daß Pferde nicht nur gute, sondern auch schlechte Eigenschaften besitzen, ebenso wie ihre Besitzer – mit Ausnahme von Cobalt.

„Aber, Mrs. Reg", drängte Laura, „irgendwann mußten Sie doch ein Lieblingspferd gehabt haben, das sie allen anderen vorzogen."

„Also, laß mich überlegen", sagte Mrs. Reg.

„Natürlich!" rief sie endlich ein. „Natürlich habe ich Lady Day gerne geritten, aber dann kam Jesse's Pride, ein wunderbares Pferd! Und wieviel Freude hatte ich an Ruh, einem überragenden Springpferd. Sein voller Name war Känguruh. Einmal stand ein halbes Dutzend Graue bei uns, nur weil eine schrullige alte Dame ein Pferd suchte, das heller war als ihre graumelierten Haare. Die habe ich alle gemocht. Und danach..."

„Sie haben also wirklich nie ein Lieblingspferd gehabt?“ fragte Laura wieder, hängte die letzten Steigbügelriemen an einen Haken und legte das noch verbliebene Kleinzeug in die „Kramkiste“. Mrs. Reg schüttelte den Kopf.

„Nein, niemals“, sagte sie, und Laura glaubte ihr. Mrs. Reg hatte alle Pferde geliebt, die jemals bei ihnen im Stall standen.

Soeben überwand die kleine schwarze Katze den Rand des Kartons.

„Fang ihn besser gleich ein!“ sagte Mrs. Reg. Das Kätzchen tapste bereits quer durch die Sattelkammer. Es war wohl schon auf der Suche nach einem Abenteuer. Und wirklich, es fand ein Paar Strohhalme und schob sie vor sich her. Laura und Mrs. Reg lachten, weil das kleine Kerlchen sich so damit abmühte.

„Der hat Kampfgeist“, sagte Laura.

„Und ob“, stimmte ihr Mrs. Reg zu. „Sag es mir, wenn du einen Namen für ihn gefunden hast, okay?“

Das Reservezubehör war wieder an seinem Platz, der Sack leer und zusammengerollt. Laura hatte nichts mehr zu tun auf Pine Hollow. Aber sie scheute sich davor, Mrs. Reg zu sagen, daß sie nicht wiederkommen würde.

„Okay“, sagte sie. „Ich gehe jetzt. Tschüs.“

Mrs. Reg wünschte ihr eine gute Nacht, und Laura verließ langsam Pine Hollow. Für heute, für eine Woche, für immer?

13

„Weißt du, ich vermisse Laura sehr", sagte Jenny eine Woche später zu Julia.

„Ich auch", stimmte ihr Julia zu. „wenn wir uns in der Schule sehen, ist das nicht das gleiche, wie wenn wir zusammen reiten. Sie winkt mir zu, wenn wir uns in der Pausenhalle sehen, und manchmal sitzen wir beim Mittagessen nebeneinander. Aber wir reden nie über Pferde. Kannst du dir das vorstellen? Am Dienstag haben wir sogar eine ganze Mittagspause lang nur über Geschichte geredet. Du solltest sie vielleicht doch wieder einmal anrufen. Sie muß doch endlich zur Vernunft kommen!"

„Hoffentlich", meinte Jenny nachdenklich. „Ich rufe sie doch ohnehin regelmäßig an, aber es läuft immer auf dasselbe hinaus. Diese Woche habe ich sie schon dreimal angerufen. Sie spricht das Wort ‚Pferd' nicht einmal aus. Ich bin trotzdem zuversichtlich, daß sie darüber hinwegkommt. Aber hoffentlich bald!"

„Ich auch – dann könnte sie uns nämlich gleich bei der Suche nach Max I. behilflich sein."

„Ich weiß nicht, ob ich noch einen Nachmittag vor diesen staubigen Wälzern durchstehe", stöhnte Jenny. „Wir sind bis jetzt nicht einmal auf den Namen dieses Mannes gestoßen – obwohl wir Geburts-, Sterbe- und Heiratsregister durchgesehen haben. Sehen wir der Tatsache ins Auge: Der Mann war unsichtbar."

„Möglicherweise hat er nie existiert", überlegte Julia. „Was sagst du dazu?"

„Unmöglich – wir müssen alle Quellen ausschöpfen, bevor wir so etwas in Betracht ziehen. Abgesehen davon, wenn unser Max Max III. ist, muß es einen Ersten auch gegeben haben. Das ist doch logisch, nicht wahr?" Julia mußte zugeben, daß Jenny dies richtig sah.

„Okay, gehen wir wieder in die Bücherei. Die Zeitungen haben wir schon durchgeackert. Laß uns heute einmal in das alte Pferderegister schauen. Max war doch zu seiner Zeit so etwas wie ein Star – vielleicht ist er darin verzeichnet."

„Gut, okay. Aber wer weiß, wie viele Pferderegister es in der Bücherei gibt", ächzte Jenny.

Willow Creek lag im Herzen des Pferdelandes Virginia. Lange Zeit gehörten Pferde hier zum täglichen Leben. Jenny wußte, daß in der Bücherei ein ganzes Regal voll Bücher über die Zucht und Haltung von Pferden sowie Pferdebesitzern vorhanden war. Sie seufzte tief. Zumindest brauchten sie heute nichts mehr über die Kanalisation nachlesen!

„Und nichts mehr von Mrs. Rappaport!" sagte sie laut.

Julia schmunzelte. „Hör zu", fuhr Jenny fort, „mir ist gestern nacht etwas eingefallen. Nachdem dieser Max höchstwahrscheinlich etliche englische Vollblüter besessen hat, könnten wir doch von der ‚Vollblut-Eigner-und-Züchter-Vereinigung' eine Auskunft über ihn erhalten. Die haben bestimmt eine weit in die Vergangenheit reichende Liste über diese Pferde und deren Besitzer."

„He, die Idee ist großartig", lobte sie Julia. „Ich habe schon geglaubt, wir haben alle Quellen ausgeschöpft. Aber gratuliere! Du kannst jetzt gleich einen Brief an diese Leute schreiben, während ich mir die Register vornehme."

Die Mädchen betraten die Bücherei. Ihre neue Freundin, die Bibliothekarin, saß an ihrem Pult, begrüßte sie und bot ihnen sogleich ihre Hilfe an.

„Wollt ihr noch weitere Zeitungen einsehen?" fragte sie.

„Ihr müßt wissen, um die Jahrhundertwende gab es hier in der Stadt noch eine zweite Zeitung. Ein paar Ausgaben davon haben wir. Wollt ihr sie lesen?"

„Vorläufig nicht, vielen Dank", sagte Julia. „Wir wollen zuerst noch etwas anderes nachschlagen. Haben Sie über Pferde, Pferdezucht, Käufer und Verkäufer einen Nachweis?"

„Aber sicher haben wir das", antwortete die Bibliothekarin. „Wir sind doch ein Pferdeland. Kommt, ich zeige euch die Sammlung."

Julia folgte der Frau in den hinteren Teil des Raumes. Jenny setzte sich im großen Lesesaal auf einen Holzstuhl. Briefeschreiben war für sie ein rotes Tuch, besonders an Leute, die sie nicht kannte. Und sollte sie ihr Anliegen schließlich formuliert haben, wußte sie nicht, ob sie die Angesprochenen nicht für verrückt hielten.

Sehr geehrte Herren, schrieb sie, radierte das Komma aus und fügte *und Damen* hinzu. Sie mußte den Brief später ohnehin mit Tinte ins reine schreiben. Sie biß auf das Ende ihres Bleistiftes und hoffte, dadurch einen Einfall zu haben. In Büchern und Filmen bissen die Leute auch immer auf dem Ende ihres Bleistifts herum. Bei Jenny half das allerdings überhaupt nicht, im Gegenteil, schließlich hatte sie auch noch Radiergummikrümel im Mund. Sie spuckte sie wieder aus und schaute ins Leere. Sie beobachtete dabei einen alten Mann, der den Leseraum betrat. Er grüßte die Bibliothekarin und setzte sich in einen bequemen Lehnstuhl. Die Bibliothekarin brachte ihm eine Zeitung. Es sah so aus, als würde sie das jeden Tag tun. Jenny gefiel diese Zeremonie. Wie lange kam der Mann schon hierher und las seine Zeitung? Verschiedene Leute in der Bücherei begrüßte er wie gute alte Bekannte. Nun holte er seine Brille hervor und setzte sie auf. Der alte Herr schien diese Vorbereitungen zu genießen. Er hatte es gut, er mußte schließlich keinen so dämlichen Brief schreiben wie Jenny. Sie kam damit auch überhaupt nicht voran. Bis jetzt standen nur vier Zeilen auf dem Papier:

~~Ich~~ Wir würden uns freuen, wenn Sie so freundlich wären, uns zu helfen, etwas ~~herauszufinden~~ in Erfahrung zu bringen über ~~jemanden~~, das heißt, einen Mann

Es wollte einfach nichts werden. Jenny verwünschte ihre eigene Idee. Wenn Julia vielleicht bald eines ihrer Bücher zurückbrächte, könnte sie den Brief schreiben, und Jenny könnte in einem Pferderegister unter „Regnery“ und „Pine Hollow“ nachschlagen. Während Jenny wartete, zeichnete sie Pferde auf ihre Schreibunterlage.

Der alte Mann hatte die erste Seite der Zeitung gelesen, nun blätterte er um und begann mit der zweiten Seite ein wenig langsamer – so erschien es Jenny, als wollte er dieses Nachmittagsritual etwas hinausziehen. Er interessierte Jenny weit mehr als der Brief, den sie schreiben sollte.

Aber auch die übrigen Leute im Lesesaal waren interessanter als ihr kümmerlich beschriebenes Blatt Papier. Vor der Tür der Bücherei stand eine Dame mit einem Stück Pizza in der Hand. Weil sie damit die Bücherei nicht betreten durfte, verspeiste sie ihren Imbiß draußen. Als sie den letzten Bissen in den Mund schieben wollte, rutschte ein größerer Happen aus weichem Käse und Tomate von der Pizza, fiel auf ihre Bluse und von da auf den Gehsteig. Jenny mußte die Hand vor den Mund pressen, um dahinter ihr Kichern ersticken. Die Dame kaute und schluckte den letzten Bissen und betrat die Bücherei. Noch hatte sie den großen Tomatenfleck auf ihrer Bluse nicht bemerkt. Da sah die Frau auf und bemerkte Jennys Blick. Schnell sah Jenny weg und tat, als interessiere sie eine Person, die hinter ihr saß.

So war es auch! Da saß nämlich Veronica diAngelo an einem der Tische auf der anderen Seite des Bücherregals. Durch die Lücken in den offenen Fächern konnte Jenny beobachten, daß sie in ein Buch, das vor ihr lag, vertieft war. Veronica, die vollkommene kleine Dame, saß rittlings auf dem Stuhl. Jetzt lehnte sie sich etwas nach hinten.

„Schau doch, die haben hier auch jede Menge Pferdebücher!" rief Julia und stellte einen Stapel Bücher auf dem Tisch ab.

„Schhhhh!" zischte Jenny und deutete durch das Regal. Sobald Julia Veronica entdeckt hatte, setzte sie sich und beobachtete sie ebenfalls.

„Was macht sie nur?" fragte Julia. „Hausaufgaben bestimmt nicht. Die macht wahrscheinlich auch das Personal für sie!"

„Es erstaunt mich, sie überhaupt hier anzutreffen", sagte Jenny. „Ich dachte, wenn sie etwas aus der Bücherei braucht, kauft Daddy diAngelo ihr gleich eine eigene!"

Sie kicherten über ihre Boshaftigkeiten, aber ihre Neugierde war erwacht. Veronicas linker Arm war noch in Gips, und sie trug ihn in einer Schlinge. Sie hatte ihn auf das offene Buch vor sich gelegt, damit es nicht zufallen konnte. In ihrer rechten Hand hielt sie ein langes Lineal.

„Das sieht doch aus, als würde sie reiten!“ stellte Julia fest. Tatsächlich saß Veronica so, als wollte sie anreiten. Das Lineal war scheinbar die Gerte. Und jetzt winkelte Veronica den Oberkörper an und erhob sich etwas vom Stuhl, wobei sich die Stuhlbeine vom Boden lösten.

„Sie macht Springübungen!“ flüsterte Jenny. „Schau doch, perfekter Springsitz!“ Veronica lehnte sich noch etwas weiter vor, um noch in das Buch schauen zu können. Ihr Gewicht legte sie nun auf die Fußballen. Ihr Rücken blieb gerade, die Knie waren angewinkelt. Jetzt knickte sie mit dem Oberkörper ab und hob gleichzeitig den Kopf.

„Sie simuliert die Phase über dem Sprung und schaut schon auf das nächste Hindernis. Dabei bleibt sie im Gleichgewicht, was für die Landung wichtig ist“, kommentierte Jenny.

Langsam und geschmeidig richtete sich Veronica auf, brachte die hinteren Stuhlbeine wieder auf den Boden und ihren Po in den Stuhl. Dann lehnte sie sich im Stuhl zurück und entspannte sich.

„Toll!“ sagte Jenny. „Auf dem Pferd hat sie es noch nie so gut gemacht.“

„Aber was will sie hier?“ fragte Julia. „Sie hatte private Springstunden und das beste Pferd im Stall. Warum übt sie dann Springen in der Bücherei?“

„Ich denke, wir haben gerade eine Veronica gesehen, die wir noch nicht kannten“, sagte Jenny. „Veronica hat schon unzählige Reitstunden mitgemacht und ein fabelhaftes

Pferd besessen, aber sie hat nie wirklich aufgepaßt und deshalb nie etwas gelernt. Sie meinte schon alles zu können, aber da hat sie sich getäuscht. Das weiß sie jetzt. Cobalts Leben war der schreckliche Preis dafür."

„Du magst recht haben", stimmte ihr Julia zu, „aber so wie ich Veronica kenne, wird sie das niemals zugeben. Selbst wenn wir ihr sagen, daß wir sie hier gesehen haben, würde sie es leugnen. Aber wir sagen nichts. Schau, jetzt übt sie wieder."

Jenny und Julia sahen zu, wie Veronica noch mehrere Male die Springphasen übte und sich mit jedem Versuch verbesserte. Endlich schien sie mit sich zufrieden zu sein. Sie stand auf, schloß das Buch und stellte es in das Regal mit Pferdeliteratur zurück, wo auch Julia ihren Stapel herausgesucht hatte. Als sich Veronica nun anschickte, die Bücherei zu verlassen, steckten Jenny und Julia ihre Köpfe tief in die Bücher, um nicht erkannt zu werden. Dann schloß sich die Tür hinter Veronica.

„Das ist erstaunlich", sagte Jenny. Aber Julia hörte sie nicht. Sie durchforschte emsig die Bücher.

„Nichts", sagte sie und legte einen weiteren Band auf den Stoß schon durchgesehener Bücher. „Wie steht's mit deinem Brief?" fragte sie.

„Ebenso", sagte Jenny, ohne mit der Wimper zu zukken. Dafür war sie recht zufrieden mit dem Fortschritt ihrer Pferdezeichnung. Für den Brief hatte sie keine Idee mehr. Eine Viertelstunde später gab Julia auf.

„Hier ist nichts zu finden. Es sei denn, wir bekommen eine Antwort auf deinen Brief, aber ansonsten müssen wir das Unternehmen aufgeben", erklärte Julia.

„Auf meinen Brief bekommen wir nie eine Antwort", gestand Jenny und schob den Entwurf in ihre Tasche. Sie half Julia, die Bücher zum Rückgabeschalter zu bringen.

„Ihr macht keinen sehr zufriedenen Eindruck", sagte die Bibliothekarin. „Vielleicht, wenn ihr mir genau sagt, wonach ihr sucht, könnte ich euch weiterhelfen."

„Das glaube ich nicht", sagte Jenny, aber Julia warf ihr einen tadelnden Blick zu.

„Ja, vielleicht doch", sagte Julia. „Wenn es Ihnen nicht zuviel Mühe macht."

„Dafür bin ich doch da", meinte die Bibliothekarin.

„Nun, wir schreiben ein Referat über Maximilian Regnery, den Gründer von Pine Hollow. Wir wissen nur, daß er den Reitstall Anfang dieses Jahrhunderts eröffnet hat. Mehr konnten wir bis jetzt leider nicht in Erfahrung bringen. Könnten Sie uns wirklich weiterhelfen?"

„Max? Seid ihr hinter dem her?" ließ sich eine rauhe Männerstimme hinter ihnen vernehmen. Jenny und Julia wandten sich um. Es war der weißhaarige Herr, der bis jetzt Zeitung gelesen hatte.

„Maximilian Regnery I.", wiederholte Julia.

„Der alte Max Senior", verbessserte sie der Mann.

„Genau den", sagte Jenny. „Kannten Sie ihn?" Der Mann nickte. „Wirklich?" Sie konnte es nicht glauben.

„Wenn ich es euch sage“, erwiderte der Mann.

„Nun, wer war er? Woher ist er gekommen? Wie war er? Woher hat er das Geld für den Stall gehabt? War er ein Abenteurer?“ Vor Freude, doch noch etwas zu erfahren, sprudelten die Fragen nur so aus ihr hervor.

„Hat er das große Erdbeben in San Francisco überlebt?“ wollte Julia wissen.

„An diesem Mann war wirklich nichts Besonderes“, sagte der alte Mann.

„Das gibt es nicht!“ rief Julia. „Er war an der Russischen Revolution beteiligt, nicht wahr?“

„Unsinn“, sagte der Mann. Endlich erfuhren sie etwas, und dann sollte keine Sensationsmeldung dabei sein! Jenny wappnete sich schon für die große Enttäuschung.

„Darf ich Ihnen einen Vorschlag machen, Mr. ...?“

„Thompson“, antwortete der Mann.

„Mr. Thompson, wir möchten gerne in das kleine Café dort drüben gehen und eine Limonade trinken. Hätten Sie Lust, mitzukommen? Wir möchten Sie zu einem Drink einladen, und Sie erzählen uns über Max I., bitte ...“

„Eiscreme wäre mir aber lieber“, sagte er mit einem Augenzwinkern.

„Aber gerne“, sagte Jenny, obwohl das den Rest ihres Taschengeldes aufzehren würde. Aber wenn sie etwas über Max I. erfahren konnten, war ihr kein Preis zu hoch.

„Abgemacht“, sagte er, und sie brachen auf.

Jenny, Julia und Mr. Thompson setzten sich an einen Tisch im rückwärtigen Teil des Cafés. Es sollte sie schließlich nicht gleich jeder Reitschüler von Pine Hollow sehen können. Das alles sollte ein Sattelclub-Geheimnis bleiben.

In wenigen Minuten hatten sie ihre Bestellungen aufgegeben, und Mr. Thompson begann zu erzählen. Julia und Jenny saßen still da und hörten erstaunt zu. Der Lebenslauf dieses Mannes war so völlig anders, als sie es erwartet hatten.

Maximilian Regnery war der älteste Sohn irischer Einwanderer, die 1850 nach Amerika kamen. Der Vater von Max war Hufschmied gewesen. Deshalb versuchte sich auch Max in diesem Handwerk, aber mit wenig Erfolg. Er ging zur Schule, doch da kam er nicht voran. Er versuchte es als Verkäufer in einem Textilwarengeschäft, scheiterte aber ebenfalls, weil er nicht sehr gut rechnen konnte. Schließlich nahm er die Stelle eines Pferdepflegers an, und da war man mit ihm zufrieden.

Der Besitzer des Reitstalls war kein anderer als Mr. Rappaport. Er wollte Max anspornen und erhöhte seinen Lohn um zehn Cents pro Woche. Old Max hat gespart, was er konnte, auch diese zehn Cents pro Woche – und kaufte Pine Hollow nach Rappaports Tod. Max I. hatte sein ganzes Leben in Willow Creek verbracht. Er war nie in einer anderen Stadt gewesen, schon gar in einem anderen Land – also ganz bestimmt nicht in San Francisco während des Erdbebens und auch nicht in Rußland vor oder während der Revolution!

„Wie war er dann als Mensch?“ wollte Jenny wissen.

„Ich sagte es euch doch schon: völlig unauffällig. Er war ein guter Reiter, aber man konnte kaum ein Gespräch mit ihm führen. Seine Reitschüler, daran erinnere ich mich, spöttelten oft über ihn, denn er verstand überhaupt keinen Spaß. In seinen Stunden durfte nicht gesprochen werden, ja nicht einmal mit den Pferden sollten die Schüler sprechen. ‚Sie verstehen keine Menschensprache‘, pflegte er zu brüllen. Ich habe bei ihm reiten gelernt, müßt ihr wissen. Meine Mutter, Gott hab sie selig, lud ihn und seine Frau einmal zu uns zum Essen ein. Sie wollten über meine weitere Reitausbildung mit Max sprechen und mir außerdem Springstunden erteilen lassen. Aber Max weigerte sich. ‚Erst nach einem Jahr‘, hatte er streng gesagt und ließ sich nicht davon abbringen. Ich mußte auch immer schwer arbeiten bei ihm im Stall. Alle seine Reitschüler setzte er für Arbeiten in und um den Stall sein. Sofort nach dem Abendessen verabschiedete er sich. Mein Vater war wütend und verbot meiner Mutter, ihn noch einmal zu uns einzuladen. ‚Das ist mein Haus‘, erklärte er, ‚und ich will mich darin nie mehr tödlich langweilen!‘ Meine Mutter lud ihn nicht mehr ein, und ich gab bald darauf auch das Reiten auf.“

Das also war Max I. Kein Held von San Francisco oder der Russischen Revolution – nur ein ganz unauffälliger, zurückgezogener Mann. Interessant war wohl nur die Tatsache, daß sein Enkel, Max III., noch ganz nach seinen Prinzipien Reitunterricht erteilte – und das 75 Jahre später. Aber Max III. war nicht unauffällig und langweilte auch niemanden. Seine Schüler verehrten ihn.

„Was machen wir jetzt?" fragte Julia ihre Freundin, nachdem Mr. Thompson das Café verlassen hatte.

„Was sollen wir machen?" fragte Jenny. „Wie meinst du das?"

„Nun ja, jetzt kennen wir die Geschichte von Max, und sie ist total uninteressant."

„Wir erzählen sie einfach niemandem", sagte Jenny. „Aber wir kümmern uns jetzt nicht mehr um die Geschichten der anderen. Wir denken uns selbst welche aus!" Jennys Augen funkelten. „Max ist von Piraten gekidnappt worden. Sie stahlen ihm alles, was er besaß, und setzten ihn auf einer Südseeinsel aus, wo es keine Einwohner, sondern nur Pferde gab. Als er schließlich von der Tasmanischen Marine gerettet wurde, weigerte er sich, die Insel zu verlassen, es sei denn, er durfte ein paar Pferde mitnehmen." Diese phantastische Geschichte hatte Jenny nämlich während des Wanderritts geträumt.

„Das ist die Idee!" Julia war begeistert. „Jetzt heizen wir die Gerüchteküche erst richtig an."

Sie tranken ihre Limonade aus und machten sich auf den Heimweg.

14

„Ich gehe jetzt. Möchtest du nicht doch mitkommen?" fragte Oberst Hanson seine Tochter.

„Nein, wirklich nicht, vielen Dank, Dad. Viel Vergnügen beim Tennisspielen – und mit Mrs. Lerner. Sie ist doch deine Partnerin, habe ich recht?"

„Ja, und sie hat eine ganz gemeine Rückhand!" entgegnete ihr Vater. „Letzte Woche jedenfalls schlugen wir die Morrisons mühelos. Tennis ist ein toller Sport. Möchtest du nicht einmal ein paar Trainerstunden nehmen?"

„Nein, aber trotzdem vielen Dank", sagte Laura. Sie wußte, ihr Vater wollte ihr helfen. Es war Samstag – an diesem Tag ging sie sonst immer reiten. Während der letzten Wochen hatte sich ihr Vater viel Mühe gegeben, sie gerade am Samstag auf andere Gedanken zu bringen, aber Laura war immer zu Hause geblieben.

„Ich muß ein Referat über die ägyptischen Pyramiden halten. Das werde ich heute machen."

„Nach dem Spiel gehen Barbara und ich mit den Morrisons noch essen." Laura spitzte die Ohren.

„Du hast also eine Verabredung?" fragte sie.

„Nun ja, ich weiß nicht, ob ich es eine Verabredung nennen kann. Es ist mehr ein, na ja, vielleicht doch eine Verabredung." Laura schmunzelte.

„Ist doch okay, Dad. Du sollst endlich wieder einmal etwas unternehmen – und wenn es sein muß, mit Mrs. Lerner. Aber gib acht, daß sie ihre gemeine Rückhand nicht bei dir anwendet!"

„Danke für die Warnung", sagte Oberst Hanson und gab seiner Tochter einen Kuß. „Es wird nicht spät. Im Kühlschrank ist noch eine Pizza, und heute abend um zehn gibt es im Fernsehen einen Western mit John Wayne. Diesmal mache ich das Popcorn! Also abgemacht?" fragte er listig.

„Nun ja, ich weiß nicht", neckte Laura ihren Vater. „Ich weiß nicht, ob ich es eine Verabredung nennen soll..."

„Okay, dann machst du das Popcorn. Bis später, du Schlitzohr."

„Okay, abgemacht", grinste Laura. Sie und ihr Vater sahen sich gerne alte Filme an. Sie freute sich schon auf den gemeinsamen Abend.

Vorläufig aber war Laura froh, daß sich ihr Vater mit Mrs. Lerner traf. Er hatte in der letzten Zeit oft über sie gesprochen. Laura war deshalb nicht überrascht, daß er sie heute zum Abendessen einlud. Ihr Vater war also versorgt. Aber was sollte sie tun? Die Pyramiden interessierten sie heute überhaupt nicht. Sie sehnte sich nach Cobalt. Noch einmal wollte sie dieses prächtige Pferd unter sich spüren, mit ihm über die Felder galoppieren und über ein Hindernis setzen. Laura schlug die Hände vor das Gesicht und schüttelte den Kopf. Aber Cobalts Bild ließ sich nicht auslöschen. Dann, ohne weiter zu überlegen, stand Laura auf, ging in ihr Zimmer und zog sich um. Sie nahm ihre Beuteltasche und den Hausschlüssel, verließ das Haus und schloß hinter sich ab.

Rasch ging sie zur Bushaltestelle, und bald darauf kam auch schon der Bus. Sie warf das Fahrgeld in den Automaten und setzte sich in den hinteren Teil. Sie mußte sechs Haltestellen fahren. Wie genau sie jede kannte! Beim Einkaufszentrum stieg sie aus, ging über den Parkplatz, dann die nächste Straße hinunter und über das Feld nach Pine Hollow.

Es war noch früh am Nachmittag. Etliche Reiter waren auf der Anlage, aber ihre Stunde begann erst viel später. Laura wußte, wie sie ungesehen in den Stall gelangen konnte. Sie war nicht in der Stimmung zu reden und Fragen zu beantworten. Durch die Seitentür betrat sie den Stall. Mrs. Reg saß in ihrem Büro neben der Sattelkammer, sah aber nicht auf, als Laura an der offenen Tür vorüberging. Patch und Pepper waren nicht in ihren Boxen – vielleicht in einer Stunde oder im Gelände, dachte Laura.

Und dann stand sie vor der dritten, leeren Box. Es war Cobalts Box. Sie war sorgfältig gereinigt und frisch mit Stroh eingestreut. Der Futtertrog und die Wassereimer waren ausgespült und zum Trocknen umgelegt worden.

Laura schob die Tür zurück und ging hinein. Sie atmete tief den geliebten Stallgeruch ein. Einen Moment lang hoffte sie, wenn sie die Augen schloß und wieder öffnete, würde Cobalt vielleicht vor ihr stehen. Fest preßte sie die Augen zu, um das Sonnenlicht, das durch das Fenster strömte, auszusperren. Aber als sie die Augen wieder öffnete, war Cobalt nicht da. Zum ersten Mal wurde ihr wirklich bewußt, daß Cobalt nie mehr zurückkommen würde. Kein noch so inniges Wünschen konnte diese Tatsache ändern.

Sie lehnte sich gegen die Boxenwand und ließ sich hinuntergleiten, bis sie im frischen Stroh saß. Dann, zum ersten Mal, seit Cobalt tot war, weinte Laura. Sie kauerte allein in seiner leeren Box, die Tränen flossen über ihre Wangen, und der Schmerz über den Verlust erdrückte sie schier. Als die Tränen versiegt waren, sank sie erschöpft ins Stroh und schlief ein.

Laura wußte nicht, wie lange sie geschlafen hatte. Als sie erwachte, schien die Sonne nicht mehr durchs Boxenfenster. Also mußte es Nachmittag sein, aber sie wußte nicht, wie spät am Nachmittag. Einen Augenblick überlegte sie, wodurch sie aufgewacht war, bis sie die Stimmen wieder hörte.

„Nein, Papa, nein!" jammerte eine weinerliche Mädchenstimme.

Veronica! Laura wollte jetzt um nichts in der Welt

Cobalts Box verlassen. Gerade von Veronica und ihren Leuten wollte sie nicht gesehen werden. Sie kroch von der Seitenwand zur Stirnseite der Box und kauerte sich dort direkt neben die Schiebetür. So konnte sie von Vorübergehenden nicht entdeckt werden. Aber sie konnte hören, was draußen gesprochen wurde.

„Du bist ungeschickt, Ronnie", sagte eine Männerstimme. Das konnte nur Mr. diAngelo sein. Und er nannte sie „Ronnie"! So durfte bestimmt nur ihr Vater sie rufen!

„Nein, Papa, ich möchte das nicht!"

Hatten sich Jenny und Julia getäuscht? Gab Veronica das Reiten auch auf? Ging das Gespräch mit ihrem Vater nun darum?

„Delilah ist ein gutes Pferd!" sagte Mr. diAngelo. „Ist sie nicht die Stute, die von diesem Mädchen ... wie heißt sie, Laura, immer geritten wird?"

„Ja, Papa. Laura hat Delilah immer geritten. Allerdings kommt sie nicht mehr."

„Wenn Laura, wie du mir sagtest, die beste Reiterin in der Gruppe war, dann hat ihr Max wohl auch das beste Pferd im Stall gegeben. Und, Liebling, die Stute würde so gut zu dir passen – mit dieser wunderbaren cremefarbenen Mähne und dem goldenen Fell ..."

„Darum geht es nicht, Papa."

„Wenn dir Delilah nicht liegt, dann soll dir mein Agent nächsten Monat auf der Auktion einen anderen Vollblüter ersteigern. Wir haben von der Versicherung genügend für Cobalt ausbezahlt bekommen. Ich kann dir wieder das beste Pferd im Stall kaufen. Möchtest du eines, das wie Cobalt aussieht?"

„Es kommt nicht darauf an, wie ein Pferd aussieht", sagte Veronica, als hätte sie Lauras Gedanken gelesen. „Wie das Pferd geht, darauf kommt es an. Noch wichtiger allerdings ist, wie gut der Reiter ist."

„Was hast du gesagt, Veronica?" fragte der Mann seine Tochter. Es trat eine lange Stille ein. Laura hielt den Atem an, während sie auf Veronicas Antwort wartete.

„Es war meine Schuld, Papa", sagte sie schließlich. „Ich war leichtsinnig."

„Unsinn!" widersprach ihr Vater. „Du hat doch selbst gesagt, Max Regnery war schuld. Er hatte das Hindernis falsch aufgebaut."

„Das stimmt nicht", sagte Veronica. „Der Sprung war nicht leicht, aber Max hatte uns erklärt, wie er anzureiten war. Aber ich habe nicht einmal zugehört. Und dann bin ich einfach losgeritten. Cobalt hätte verweigern müssen, aber er sprang immer. Und das kostete ihm das Leben."

„Mach dir jetzt keine Sorgen, mein Lämmchen", tröstete Mr. diAngelo seine Tochter. „Wir haben ja unser Geld von der Versicherung wiederbekommen."

„Geld hat damit nichts zu tun, Papa! Cobalt ist tot, und ich will kein anderes Pferd mehr. Erst wenn ich gelernt habe, es richtig zu reiten und zu betreuen!"

Solange Laura Veronica kannte, hatte sie nie einen Fehler eingestanden. Was sie jetzt gesagt hatte, war richtig. Sie war keine besonders gute Reiterin. Sie war Cobalt nicht gewachsen gewesen. Sie hat nie auf Max gehört. Das hatte zu dem Unfall geführt. Laura schüttelte den Kopf. Sie konnte es nicht fassen. Hatte Veronica ihre Lektion gelernt und sich verändert? Versuchte sie jetzt sogar – allerdings ohne Erfolg – auch ihren Vater zur Vernunft zu bringen?

„Du brauchst doch dein Pferd nicht versorgen, Ronnie", sagte ihr Vater, der seine Tochter völlig mißverstand. „Dafür hat doch Max genug Pferdepfleger. Sie versorgen dein Pferd schon."

„Aber sie können es nicht für mich reiten, zumindest nicht immer", sagte sie. „Danke, daß du mir wieder ein Pferd kaufen willst, aber ich werde so lange Schulpferde reiten, bis ich besser bin. Ich werde mir erst wieder ein eigenes Pferd wünschen, wenn ich es auch wirklich reiten kann."

„Schau doch, ich kann mir vorstellen, wie gut dieses Pferd zu dir passen würde, Ronnie", fing Mr. diAngelo wieder an.

„Papa!" ermahnte ihn Veronica.

Laura verharrte regungslos in Cobalts leerer Box.

15

„Ich kann es", sagte Laura in die leere Box hinein, sobald sich Veronicas Schritte entfernt hatten. „Und mehr noch, ich will es!"

Ihre Pferdeliebe hatte gesiegt. So lange sie denken konnte, spielten Pferde eine wichtige Rolle in ihrem Leben. Ihr Vater mußte als Marineoberst mit seiner Familie bis vor zwei Jahren immer von einer Militärbasis zur anderen ziehen. Oder sie lebte mit ihrer Mutter allein, während ihr Vater irgendwo Dienst tat, wo die Familie nicht sein konnte. Ihre Mutter hatte manchmal scherzhaft gesagt, sie würden sich am besten in einem Möbelwagen häuslich einrichten. Laura hatte dieses Nomadenleben sogar gefallen, weil es an jedem Wohnort Pferde gab und sie immer hatte reiten dürfen.

Ihre ersten Reitstunden hatte sie in den Ställen auf den Militärbasen erhalten. Gab es dort keinen Stall, suchten ihre Eltern immer einen möglichst nahe gelegenen Reitstall. Schließlich fand sie heraus, daß sie durch Reitstunden in Privatställen immer sehr schnell neue Freundinnen gewann. Pine Hollow aber war bis jetzt der beste Stall.

Max hatte immer gute Pferde und war ein strenger, aber guter Lehrer. Max, sein Vater und sein Großvater hatten schon manchen Spitzenreiter – ja sogar Olympia-Reiter ausgebildet.

So lange sie denken konnte, war es Lauras Wunsch gewesen, selbst Pferde zu besitzen, zu züchten und auszubilden. Und trotzdem hätte sie beinahe alles wegen Cobalt aufgegeben.

Nun aber wußte sie, daß sie dabeibleiben mußte. Nur, wie würde Max reagieren? Konnte er, der von seinen Schülern absolute Hingabe zum Reitsport verlangte, sie wieder aufnehmen, nachdem sie einfach dem Unterricht ferngeblieben war?

„Ich muß mich stellen", sagte sie laut zu sich selbst. Sie stand auf und klopfte sich das Stroh von der Bluse. Als sie an sich heruntersah, bemerkte sie erst, daß sie Reithose und Reitstiefel trug. Sie hatte also schon gewußt, daß sie wieder reiten würde, als sie sich entschloß, nach Pine Hollow zu fahren! Wie unter Hypnose hatte sie wohl ihre Reitkleidung angezogen! Sie klopfte das Stroh auch von ihrer Hose und spähte über die Boxentür. Bevor sie nicht mit Max gesprochen hatte, wollte sie mit niemandem sprechen und keine Fragen beantworten. Zum Glück war niemand in der Stallgasse.

Laura verließ die Box und rannte in die Richtung von Max' Büro. Zuvor aber mußte es ihr gelingen, an Mrs. Regs Büro neben der Sattelkammer vorbeizukommen.

Mrs. Reg war zwar da, sah sie aber nicht vorbeihuschen. Sie war in der Sattelkammer und zu sehr damit beschäftigt, eine kleine schwarze Katze einzufangen und wieder in die Schachtel zu befördern.

„Du bleibst jetzt da drinnen, du kleiner Ausreißer! Wie hast du es überhaupt geschafft, hier heraufzuklettern?" schimpfte Mrs. Reg. Sie stand auf einem Stuhl und streckte die Hand nach ihm aus. Aber der kleine Kerl turnte am untersten Dachbalken entlang, der gerade außer Mrs. Regs Reichweite war.

„Ich helfe Ihnen, Mrs. Reg", sagte Laura und kam in die Sattelkammer. „Sie sollten besser nicht auf einen Stuhl steigen", fügte sie hinzu.

„Du hast recht, aber ich muß doch diesen Burschen wieder zu seinen Geschwistern zurückbringen. Erinnerst du dich an ihn? Er ist der kleine Teufel, mit dem du schon gespielt hast. Jetzt ist er schon nicht mehr zu bändigen!"

„Bitte, Mrs. Reg, bleiben Sie so auf dem Stuhl stehen. Ich scheuche jetzt den kleinen Teufel zu Ihnen herüber, so daß Sie ihn greifen können."

„Er ist wirklich ein Teufel, dieser kleine Schwarze", klagte Mrs. Reg. Die unerwartete Anwesenheit von Laura schien sie nicht zu verwundern. „Er tut garantiert nicht das, was du von ihm erwartest."

Laura schob eine Werkzeugkiste unter den Balken und stieg darauf. Das Kätzchen saß hilflos zwischen Laura und Mrs. Reg. Es hatte sich doch zu weit hinaufgewagt.

„Komm her, Kätzchen“, lockte es Mrs. Reg.

„Geh schon!“ Laura versuchte mit Handbewegungen, den schwarzen Fellball Mrs. Reg zuzutreiben, was bewirkte, daß sich das Kätzchen in die entgegengesetzte Richtung wandte und Laura entgegentappte. Sein kleiner Schwanz bewegte sich dabei hin und her.

„Sie kennen ihn aber schon gut“, sagte Laura. „Er macht genau das Gegenteil von dem, was jede andere Katze tun würde.“

„... und das vom Tag seiner Geburt an“, fügte Mrs. Reg hinzu.

„Geh weg, Kätzchen!“ rief ihm Laura jetzt zu und blickte ihm direkt in seine himmelblauen Augen. „Geh weg von mir!“

Sie hörte sein Schnurren, ein Motor auf vollen Touren. Die kleine Katze sprang vom Balken auf Lauras Schulter. Laura stieg nun vorsichtig von der Kiste herunter, wobei sie sorgsam die Hand um das Kätzchen legte, damit es nicht abstürzte. Danach half sie Mrs. Reg vom Stuhl.

„Hast du schon einen Namen für den kleinen Teufel gefunden?“ fragte Mrs. Reg und knüpfte damit ganz selbstverständlich an ihr Gespräch von vor etlichen Wochen an.

„Ja, ich glaube schon“, sagte Laura. Sie setzte sich auf die Werkzeugkiste und nahm das Kätzchen auf ihren Schoß. Innerhalb von Sekunden stellte es sein Schnurren ein. Es rollte sich zusammen und schlief sofort ein.

„Er heißt Schneeball", verkündete Laura.

„Perfekt!" lachte Mrs. Reg. „Ein Name, so gegensätzlich wie er selbst. Der paßt zu ihm! Aber du stellst uns vor ein Problem."

„Welches?" fragte Laura und streichelte Schneeball.

„Unsere Katzen werden doch immer nach Pferden benannt. Ich kenne keinen ‚Schneeball'."

„Können Sie denn keine Ausnahme machen?"

„Das glaube ich nicht", sagte Mrs. Reg. „Aber wir können den Brauch umgehen. Wenn er keine Stallkatze bleibt, braucht er auch keinen Stallnamen. Warum nimmst du ihn nicht mit nach Hause? In zwei Wochen kann man ihn von der Mutter trennen und ihm ein neues Zuhause geben. Frag doch einmal deinen Vater, wenn du diesen Teufel überhaupt möchtest!"

„Okay", sagte Laura, „ich hätte ihn schon gerne."

Jetzt erinnerte sich Laura, daß sie damals vorgehabt hatte, die Katze „Cobalt" zu nennen. Das wäre falsch gewesen. Cobalt war ein großartiges Pferd, aber die Katze hatte Anspruch auf einen eigenen Namen. Laura warf einen Blick auf die Uhr in der Sattelkammer. Nur noch 15 Minuten bis zum Beginn der Reitstunde!

„Ich muß zu Max!" sagte sie. „Tschüs!"

Sie rannte aus der Sattelkammer und die Stallgasse hinunter. Vor der Bürotür mäßigte sie ihr Tempo und ging die letzten Schritte sogar langsam, um nicht pustend und schnaubend vor ihm zu stehen.

„Kann ich dich sprechen, Max?" fragte sie höflich.

„Natürlich, Laura, komm herein", sagte er und lächelte freundlich.

„Max, ich möchte fragen – ob ich wieder mitreiten darf, in meiner Gruppe?"

Max antwortete nicht sofort. War er ihr böse? Hatte er einer anderen Schülerin ihren Platz gegeben? Würde sie sich einen anderen Stall suchen müssen?

„Laura", begann er, „ich weiß, was du durchgemacht hast. Ich weiß, wie sehr Cobalt dir am Herzen lag, und ich weiß, wie sehr du ihn vermißt – das tun wir übrigens alle. Ich bin froh, dich hier wieder zu sehen. Aber die Stunde beginnt in 15 ...", ein Blick auf seine Uhr, „... 13 Minuten. Kannst du in der Zeit satteln und zäumen?"

„Und ob ich das kann!" sagte sie aufatmend. „Ich hole gleich Delilahs Sattel und Zaumzeug."

„Nicht Delilah", sagte Max. Laura schluckte. Wenn sie Delilah nicht reiten konnte, hatte Mr. diAngelo das Pferd doch gekauft! Arme Delilah!

„Du mußtest es wohl tun", sagte Laura traurig. Sie sah ein, daß ein Stallbesitzer sich mit seinen Kunden arrangieren mußte. Noch dazu gehörte Mr. diAngelo die Bank, bei der Max eine Hypothek aufgenommen hatte. Mr. diAngelo konnte Max also jederzeit...

„Was mußte ich tun?" wollte Max jetzt wissen.

„Sie verkaufen", sagte Laura. „Ich habe gehört, Mr. diAngelo wollte das Pferd für Veronica kaufen. Ich kann verstehen, daß du nicht ablehnen konntest." Laura bemühte sich, sachlich zu denken.

„Das kann ich durchaus, wenn ich eines meiner Pferde nicht verkaufen will", war die überraschende Antwort. „Abgesehen davon könnte ich sie zur Zeit gar nicht verkaufen."

„Ist sie krank?" fragte Laura und erinnerte sich, wie seltsam sich Delilah schon während des Wanderritts benommen hatte – wechselhafte Stimmungen und unberechenbarer Appetit.

„Nicht eigentlich", antwortete Max ausweichend.

„Was ist dann mit ihr?" wollte Laura wissen.

„Sie ist trächtig, Laura. In ein paar Monaten kommt das Fohlen zur Welt. Bis dahin hat sie Urlaub und darf auf die Weide. Niemand reitet sie, und niemand kauft sie."

Ein Fohlen für Pine Hollow! Ein Palomino-Fohlen – wie Delilah! Was für eine Überraschung!

„Dann war sie auf dem Wanderritt doch nicht krank."

„Bestimmt nicht, sie hatte sich eben nur auf ihre Mutterschaft vorbereitet. Kurz vor der Geburt benehmen sich die Stuten dann meist wieder ziemlich seltsam. Es geht ihr ausgezeichnet, auch dem Fohlen, soweit man das sagen kann. Der Tierarzt meint, es wird zum Ende des Sommers geboren werden. Deshalb darf sie sich jetzt schonen."

„Ist das schön!" Laura war ganz benommen. Sie vergaß sogar die Reitstunde.

„Laura", sagte Max freundlich. Sie sah auf.

„Ich warte auf eine Frage, die du mir nicht gestellt hast."

„Was für eine Frage?"

„Willst du denn nicht wissen, wer der Vater von Delilahs Fohlen ist?"

„Ach so", Laura brauchte nicht mehr zu fragen. Es gab auf Pine Hollow nur einen Hengst, der Delilah gedeckt haben konnte. „Cobalt?" Max lächelte und nickte.

„Siehst du, er wird also weiterleben. So kann man es doch sehen." Laura konnte nicht sprechen. Die Nachricht überwältigte sie. Im nächsten Moment war Max wieder der nüchterne Stallbesitzer.

„Eine trächtige Stute macht viel Arbeit, Laura", sagte er. „Wir dürfen Delilah von jetzt an kaum aus den Augen lassen. Wir wünschen uns doch ein gesundes Fohlen. Und wenn es erst auf der Welt ist, gibt es noch mehr zu tun. Es muß gefüttert, gepflegt und später ausgebildet werden." Er sah Laura an. „Du hilfst uns doch?"

„Gerne!" sagte sie überglücklich. Ein Traum ging in Erfüllung.

„Gut, wenn du später helfen willst, das junge Pferd auszubilden, mußt du noch besser reiten. Was sitzt du dann hier herum? Warum sattelst du nicht schon längst dein Pferd? Du reitest von jetzt an Diablo, verstanden?"

„Ja, Sir!" sagte sie, stand auf und salutierte wie ein Soldat. Das hatte sie von ihrem Vater gelernt. Dann schwebte sie wie auf Wolken hinaus in den Stall. Sie mußte sich beeilen, denn in wenigen Minuten begann die Stunde.

16

„Hallo, Laura!" rief Betsy. Aber Laura wollte nur schnellstens zu Diablos Box. „Hast du es schon gehört?"

„Was?" fragte Laura überrascht. War es möglich, daß Max die Neuigkeit über Delilah schon ausgeplaudert hatte? Das konnte aber nicht sein, sonst hätten Julia oder Jenny sie schon längst angerufen.

„Max I. wurde von Piraten gekidnappt!"

„Bitte nicht jetzt", stöhnte Laura und bahnte sich ihren Weg zu Diablo.

„Es ist aber wahr, glaube ich jedenfalls", sagte Betsy.

Laura hatte keine Zeit mehr, zuzuhören. Sie ging in Diablos Box und begann ihn zu satteln und zu zäumen.

„Max I. war ein Pferdedieb", rief eine Stimme von der nächsten Box zu ihr herüber. Es war Meg Durham: „Seine Bande beschaffte im Westen Pferde, die sie..."

„Meg! Ich möchte in die Stunde und habe mein Pferd noch nicht aufgesattelt. Bitte erzähle mir das alles später."

„Natürlich, Laura", sagte Meg. „Schön, dich zu sehen."

Bis Laura Diablo aufgezäumt hatte und ihn in die Bahn führte, hatten ihr noch zwei andere Reitschülerinnen zwei neue Geschichten über Max I. erzählt. Laura hatte noch nie derart haarsträubende Schauermärchen gehört. Aber jede Erzählerin behauptete, ihre Geschichte sei wahr.

„Laura! Du bist wieder da!!" kreischte Jenny. Sie war gerade auf Comanche gestiegen und ging mit ihm noch am langen Zügel. Julia kam auf Pepper herangeritten.

„Ach, Laura, ich wußte, daß du zurückkommst. Ich freue mich so! Wir haben dich sehr vermißt!"

„Wirklich?" Laura strich mit der rechten Hand über das Glücksbringer-Hufeisen und stieg dann auf Diablo. „Und mir kommt es vor, als sei ich gerade noch rechtzeitig gekommen, bevor der ganze Stall verrückt spielt. Was soll der Humbug über Max I.?"

Julia und Jenny schauten sich an, dann hielt jede von ihnen die Hand vor den Mund. Laura blieb es nicht verborgen, daß sie dahinter ihr Kichern verbargen.

„Wollt ihr mir jetzt auch noch erzählen, daß Max I. der erste Mensch war, der um die Jahrhundertwende mit einem Pferd den Südpol erobert hat? Er hatte selbst eine kleine Expedition ausgerüstet, die damals nur leider von der Presse nicht besonders beachtet wurde."

„Das ist wieder eine tolle Geschichte!" rief Jenny.

„Was ist eigentlich los hier?" wunderte sich Laura. Bevor jedoch Julia oder Jenny antworten konnten, betrat Max die Bahn.

„Die Stunde beginnt!" sagte er streng. Von jetzt an durfte sich niemand mehr unterhalten.

„Nach der Stunde Sattelclub-Treffen in der Eisdiele?" flüsterte Jenny noch. Laura nickte. Ihre Freundinnen würden Augen machen, wenn sie ihre Neuigkeit auspackte!

„Ihr habt also in der Bücherei einen alten Mann aufgetrieben, der den alten Max tatsächlich gekannt hat?" Laura war aufrichtig erstaunt. Die drei Mädchen saßen um ihren Lieblingstisch in der kleinen Eisdiele im Einkaufszentrum. Jede von ihnen verzehrte genüßlich einen Eisbecher, den ersten, den Jenny sich leisten konnte, nachdem sie Mr. Thompson eingeladen hatte.

„O ja!" stöhnte Jenny, „Max paßte also in keine unserer Geschichten! Er war zwar ein guter Reiter und ein strenger Lehrer – wie unser Max –, aber ansonsten war er der langweiligste Bursche von der Welt. Nie hat er Willow Creek verlassen. Nie hat er etwas Besonderes oder gar Aufregendes vollbracht."

„Warum erzählt mir dann jeder über Piraten, Pferdediebstahl und was sonst noch?"

„Wir erzählen den Leuten aber, daß wir recherchiert haben, was ja stimmt, und daß wir dieses und jenes herausgefunden haben. Jedem erzählen wir dann eine andere Geschichte – unter dem Siegel der Verschwiegenheit, versteht sich!"

„So etwas kann doch nur Jenny eingefallen sein" lachte Laura. „Du bist doch eine alte Märchentante!"

„Es ist aber hauptsächlich Julias Verdienst", räumte

Jenny ein. „Sie wußte, wo man suchen mußte. Aber wenn du etwas über eine gewisse Mrs. Rappaport oder die Kanalisation unserer Stadt wissen möchtest, dann wende dich vertrauensvoll an mich!"

„Ganz bestimmt", versicherte ihr Laura. „Was ich aber wirklich wissen möchte: Was macht Veronica?" Laura erzählte ihnen von der Unterhaltung zwischen Veronica und ihrem Vater, die sie mitgehört hatte. Jenny und Julia konnten ihrerseits über Veronicas „Trockenspringstunde" in der Bücherei berichten.

„Also ändert sie sich doch?" fragte Laura.

„Ich denke schon", sagte Julia feierlich. „Als Cobalt verunglückte, kam ihr vielleicht doch die Erkenntnis, daß sie nicht unschuldig daran war. Ihr müßt das anerkennen!"

„Das tue ich auch", erklärte Jenny. „Trotzdem mag ich sie nicht. Sie ist und bleibt ein Biest." Die drei Sattelclub-Mitglieder lachten.

„Jetzt erzähle ich euch aber meine Neuigkeiten!" Jenny und Julia lauschten andächtig, während ihnen Laura von Schneeball und Delilah berichtete.

„Ich kann es nicht erwarten, bis das Fohlen zur Welt kommt!" rief Jenny. „Es gibt nichts Lieberes als ein junges Pferd! Was meinst du, wird es schwarz sein wie Cobalt oder ein hübscher Palomino wie Delilah?"

Sie unterhielten sich lebhaft über das Fohlen und löffelten dabei ihr Eis. Dann wollte Julia wissen:

„Was hat dich wieder zurückkommen lassen?"

„Es gibt wohl verschiedene Gründe", überlegte Laura. „Du hast recht gehabt, als du mir sagtest, ich hätte plötzlich eine Scheu vor Pferden. Wäre ich gleich wieder geritten, hätte ich ständig Angst gehabt, jedem anderen Pferd müßte das gleiche zustoßen wie Cobalt. Aber dann konnte ich mich davon überzeugen, daß Veronica trotz ihrer Schuld, die sie eingestand, es auch wieder versuchte. Und was ich beim Tod meiner Mutter gelernt habe: Es ist schrecklich, wenn man jemanden verliert, den man geliebt hat, es ist aber noch schlimmer, wenn man dann gar niemanden mehr hat, den man gern haben kann." Jenny und Julia schwiegen. „Und noch etwas wurde mir plötzlich klar", fuhr Laura fort. „So sehr ich Cobalt gemocht habe, er war nicht mein Pferd. Er gehörte Veronica."

„Aber du hast ihn fast öfter geritten als Veronica", meinte Julia.

„Schon, aber der entscheidende Gedanke kam von Mrs. Reg. Sie erklärte ihn mir in wenigen Worten: Es gibt so viele Pferde, gute und schlechtere, manche sind eine Mischung aus Gut und Böse. Und ich möchte sie alle reiten!"

„Oho", sagte Jenny. „Das nenne ich einen Entschluß! Laura wird jetzt jedes Pferd reiten! Aber was sagen die Pferde dazu? Werden sie sich darüber freuen oder werden sie scheuen?"

Die drei Mädchen lachten herzlich und waren sehr zufrieden. Der Sattelclub war wieder komplett.

Beste Unterhaltung für pferdebegeisterte Mädchen

Bonnie Bryant
Drei Mädchen gründen einen Club
Sattelclub Band 1

Der Reitstall ist Lauras und Jennys zweite Heimat. Eines Tages taucht eine Neue auf – doch Julia paßt unmöglich in den Stall, so herausgeputzt wie sie ist. Es muß einiges passieren, bis Laura und Jenny ihre anfängliche Meinung ändern und mit Julia den „Sattelclub" gründen.

Mehr von den Sattelclub-Mädchen und ihren Abenteuern:

Band 2 Veronicas Fehler
Band 3 Ein Pferd für Laura
Band 4 Die Neue
Band 5 Freundschaft ist alles
Band 6 Abenteuer auf der Pferderanch
Band 7 Reitstall in Not
Band 8 Julia greift ein
Band 9 Ärger mit Julia
Band 10 Ferien im Reitcamp
Band 11 Gefahr für das Fohlen
Band 12 Hilfe für die Pferderanch

In Vorbereitung:

Band 13 Ausritt im Schnee
Band 14 Ritt in der Brandung
Band 15 Entführung im Reitstall
Band 16 Feuerreiter